EL MARQUÉS DE THANARIA

ISBN...: 9798831841466

CAPÍTULO I

Por sexta vez consecutiva durante aquella jornada, la joven y bella viajera se detiene a descansar, y a asegurarse de que el terrible poder mágico que ha llevado la muerte a Dilberain, su ciudad natal, ha dejado de perseguirla.

Después se inclina sobre su poderosa montura bicéfala y le ordena:

—¡Adelante "Furia del Viento", llévame a lugar seguro! —Y, agarrándose con fuerza a las riendas de su montura, reemprende la marcha en dirección al suroeste.

Ha salido de su hogar en Dilberain y su única intención es llegar a la isleña ciudad de Thanaria antes del anochecer, aunque para ello deba sacrificar la vida de su animal que, tras cinco horas de intensa galopada, casi no puede dar un paso más.

—¡So! —La joven desmonta de un salto, y acaricia el lomo de su caballo de dos cabezas —. Está bien, me has convencido, ganaremos mucho más si los dos descansamos —despoja a la bestia de la silla y las correas, y lo deja ir en busca de alimento y agua.

Ella, tras quedar sola, decide tenderse sobre la verde hierba para dormir algo antes de reemprender el camino.

No ha hecho más que dejarse caer a tierra, cuando una flecha surca el cielo y se clava en la tierra a pocos centímetros de su cabeza.

—¿Es tuyo el bicéfalo que se ha atrevido a cortejar a mi yegua?

—Quizás ¿Quién lo pregunta? —Sin mostrar el mínimo síntoma de espanto ni temor, se incorpora y empuña sus dos pequeñas espadas, dispuesta a luchar.

—Ulbrin, cazador y leñador venido desde Tuzhand.

—Bien, bien... Ulbrin de Tuzhand, creo que el hecho de que mi montura corteje a la tuya no es motivo suficiente para disparar una flecha cuando no podía defenderme.

—Tenéis razón bella damisela, mi reacción ha sido desmesurada, pero uno no puedo fiarse de nadie después de haber visto lo que yo he visto. —Ulbrin guarda su ballesta y, cogiendo la mano de la joven, la besa con delicadeza—. Nuevamente pido disculpas por mi estúpido comportamiento.

—¡Déjese de memeces y explíqueme qué es eso tan fabuloso que afirma haber visto! —Sin dejar de vigilar al hombre, la chica envaina las espadas, y se sienta en el suelo para escuchar.

—¡Oh, no! Todavía no, me niego a contar nada a alguien tan grosero como para no presentarse ante mí, algo impropio en una joven tan bella y de aspecto tan noble como el suyo.

—Eres demasiado galante para mi gusto, pero si insistes... —Sin alzarse de tierra, la joven responde con cierto tono altanero en su voz. —Me llamo Daisa, nacida en la rica e importante ciudad de Dilberain, y presto mis servicios como guardaespaldas a todo aquel que pueda pagarlos. ¿Deseas saber algo más de mí?

—Sí, sólo una cosa más. ¿Por qué has abandonado tu hogar, si es tan magnífico como afirmas?

—La Oscuridad me obligó a ello, la terrible Oscuridad, que llegó con el amanecer, arrastrándose por los campos, congelando todo aquello que tocaba... Yo pude salvarme gracias a mi caballo que me alzó de la cama al darse cuenta de lo que estaba ocurriendo; después, alguien me advirtió de que si quería detener el poder de la Oscuridad debía encontrar a un mago de la isla de Thanaria, un tal Aurum que me ayudará a alcanzar mi objetivo.

—Es interesante y, si no fuera por la distancia que separa Tuzhand de Dilberain, diría que se trata del mismo poder maligno que me ha impedido regresar a mi casa, y me ha obligado a partir hacia el Oeste —El hombre frunce el ceño y, tras acariciarse la espesa y rizada barba, lanza un silbido llamando a su animal, una hermosa yegua blanca que se acerca al galope y le saluda rozándole la espalda con el hocico.

—¡Quieta, pequeña!

—¿Y mi caballo?

—¡Oh, no te preocupes por él, allí esta! —Ulbrin hace un gesto con la cabeza en dirección a un pequeño montículo donde se encuentra el caballo bicéfalo de Daisa, que permanece inmóvil observando algo en la lejanía.

—¿Qué demonios hace allí arriba?

—Está..., observando algo.

—¿Qué? —Antes de que el Tuzhandés responda a la pregunta, "Furia del Viento" baja del montículo y acude junto a su ama—. ¿Qué ocurre, precioso? —El animal relincha nervioso y patea el suelo con sus cascos delanteros.

—¡Sube a tu bicéfalo y salgamos de este lugar antes de que lleguen! —sin esperar una palabra de su compañera, Ulbrin de Tuzhand monta sobre su yegua, y parte raudo dejando a Daisa sola.

—¿Puedo saber qué sucede?

—Chica, no preguntes y galopa, y sobre todo, ¡no mires atrás por nada del mundo!

Tras varios kilómetros galopando intensamente, finalmente Ulbrin obliga a su animal a frenar en seco.

El sol del mediodía cae sobre ambos jinetes con toda su intensidad y, hambrientos y agotados, los dos deciden desmontar y descansar mientras comen para reponer fuerzas.

Mientras, los dos animales pastan a su lado, y vigilan los alrededores atentos a cualquier cosa extraña.

Durante varias horas los dos aventureros se dedican a entrenarse y a afilar sus respectivas armas y, muy de vez en cuando, se dirigen una palabra para pedirse algo o para quejarse del clima y de las circunstancias que los han obligado a llegar a un rincón tan lejano de sus hogares.

Es noche cerrada cuando deciden recoger sus pertenencias, y seguir su camino.

—¡Escucha, hay alguien cerca! —Tras montar sobre su yegua, el hombre de Tuzhand queda rígido y, con toda la cautela y la rapidez que le es posible, carga su ballesta y apunta a algún lugar en la negra oscuridad—. ¡Seas quien seas, sal de tu escondite! —Como única respuesta a la orden de Ulbrin, una enorme criatura de color negro y ojos rojos como la sangre se materializa ante ellos.

—Ya te he obedecido humano, ahora prepárate para morir, pues mi sed de sangre es enorme —La horrible criatura, sin pensarlo dos veces extiende sus negras alas y, elevándose unos metros sobre el suelo, se abalanza en dirección al paralizado Ulbrin.

—¡Quieta, criatura! —La voz de su compañera, suena de repente con impresionante fuerza y firmeza, haciendo que el vampiro negro se detenga y clave sus terribles ojos carmesí en los suyos—. ¡Corre Tuzhandés, yo lo detendré y me reuniré después contigo!

—¿¡Cómo piensas hacerlo!? Tus armas no pueden herirlo.

—¡Necio! No pienso enfrentarme a él cara a cara —Daisa salta y, de un empujón aparta, a su compañero del alcance del monstruo, que se lanza furioso contra ella.

—¡Corre, Ulbrin!

—¿Y tú?

la lejana isla—. Está demasiado lejos para llegar nadando.

Tras cinco minutos de incertidumbre, los dos siguen sin hallar una solución al problema que les plantea el cómo llegar a Thanaria.

Finalmente, se miran fijamente y deciden esperar al amanecer para buscar la manera de alcanzar la isla, cuando, de repente, un alegre silbido llega desde el enorme lago, acompañado del sonido de un remo chapoteando en el agua.

—¿Buscáis ayuda, viajeros? —Pregunta con voz chillona el extraño ocupante de la barcaza que acaba de golpear la orilla del lago. —¡Seguro que buscáis ayuda!

—¿Quién eres?

—Thorik, el barquero del lago.

—¿Eres un lacironés? —pregunta Daisa con desconfianza.

—¡Sí, lo soy! —Thorik salta de la embarcación y se inclina cortésmente ante ella. En la oscuridad sus dos pequeños cuernos plateados brillan y él sonríe.

—¿Podemos fiarnos de él?

—¡Claro que sí! —El extraño personaje se incorpora de pronto y, tomando la mano de Ulbrin, intenta arrastrarlo a la barca que flota en las aguas del lago—. ¡Vamos, subid a mi barca, yo os llevaré a la isla!

—¡Quieto, amigo! —Daisa saca una de sus espadas y amenaza con ella al asustado Thorik, que retrocede. —Tu debes querer algo de nosotros, verdad, lacironés?

—Bueno, pensaba pediros dinero por pasaros hasta la isla, pero...

—Si es por el dinero no hay problema, amigo —para asombro de Daisa, Ulbrin rebusca en su zurrón de cuero, y saca finalmente un saquito de tela del que extrae varias piezas de plata—. Como verás, podemos pagar tus servicios, así que si tienes algún otro problema quizás deberías contárnoslo, y tal vez podamos ayudarte —lanza una moneda a las manos de Thorik que una vez ha comprobado su autenticidad se la guarda en su taleguilla.

—Subid a la barca y os contaré.

Thorik rema rápido y con destreza, mientras, tal y como habían acordado, se decide a confiar a sus dos pasajeros la siguiente historia.

—Veréis —comienza—. Yo no soy más que un humilde barquero, al que muchas veces los propios clientes de mis servicios han acabado por robar e incluso, alguna que otra vez, apalizar. Pero eso, ahora, no viene al caso puesto que sigo vivo y puedo trabajar; yo lo que de verdad necesito es que ayudéis a mi hermana pequeña, se llama Gorina y aunque se gana la vida con el arte del robo, no es mala chica, ahora bien, es algo irresponsable, y su última hazaña no fue otra que asaltar al Marqués de Tañaría, a pesar de que sabe perfectamente que es una mala persona y que no tendrá compasión con ella.

—Bueno, si se trata de una ladrona, se lo tiene merecido.

—¿Siempre eres tan dura con toda la gente? —Ulbrin frunce el ceño y pide al barquero que siga con el relato.

—Gracias, pues bien, sólo os pido que intentéis rescatarla, y la llevéis al lugar que ella misma os indicará, yo acudiré allí una vez sepa que está a salvo.

La barca, suavemente, va acercándose a la isla, guiada por la mano firme y segura de Thorik.

—Queremos algo a cambio. Como debes comprender no vamos a conformarnos con que nos lleves hasta la isla...

—Claro señorita, y creo que tengo lo que está buscando, pues conozco vuestro destino, pero antes me gustaría volver a ver a mi hermana —el lacironés, una vez llegados a la isla, salta de la embarcación y amarra ésta con una gruesa soga.

—No se hable más, dinos dónde está tu hermana, y te garantizo que pronto estarás con ella —Ulbrin baja de la barca y ayuda al dueño a empujarla para adentrarla más en tierra firme, con el fin de que el poderoso oleaje de las aguas del lago no la arrastre.

—Gracias, noble señor, sabré agradecérselo —con mucha gracia, Thorik se inclina ante el divertido Ulbrin que, sonriendo, le hace incorporarse—. Ahora, si me escuchan, les diré donde está mi hermana cautiva —Aprovechando un instante en que la luna aparece por entre las nubes, Thorik señala con su derecha un gigantesco torreón de color gris oscuro, con una sola ventana en lo más alto.

—¿Quién vigila eso? —Daisa fuerza la vista intentando vislumbrar algo en la pequeña ventana—. Imagino que debe haber algún guardián.

—Claro que los hay, es por eso que necesito vuestra ayuda —responde el barquero mientras, en un trozo de tela, y usando un pedazo de carbón, escribe algo que después entrega al Tuzhandés que lo lee en voz alta.

—"A la atención de Baljik, el armero: Por favor, entrega lo que tú ya sabes a estas dos personas. Son de confianza."

—¿Qué se supone que es lo que este amigo tuyo debe entregarnos? —Ulbrin dobla el trozo de tela y se lo guarda.

—No puedo decirlo, ya lo sabréis cuando lo tengáis, ahora, buen amigo, debo dejaros, seguro que hay más gente deseosa de llegar a la isla —y, dicho esto, vuelve a empujar su embarcación hacia el agua, desata la cuerda y, tomando impulso con su remo, se adentra en el lago.

—¡Thorik!

—¿Sí?

—Cuida de nuestros caballos, búscales algún lugar seguro, te daré dos monedas más por ello.

—¡De acuerdo, señor!

Pronto, Thorik desaparece de la vista de los dos viajeros, adentrándose con su barcaza en las oscuras aguas.

CAPÍTULO II

Tras quedar solos en la orilla Daisa y Ulbrin, permanecen mirando como la barca de Thorik se desplaza suavemente sobre las oscuras aguas. Después, y una vez han recogido sus cosas, inician el camino hacia el pueblo de Thanaria.

—Está oscuro, y la ciudad debe quedar bastante lejos.

—A unas tres horas a pie, ¿porqué? ¿Acaso tienes miedo? —Ulbrin da un par de zancadas y se encarama a un pequeño promontorio desde el cual puede divisar un gran y frondoso bosque de robles, un riachuelo y un cerro y, al otro lado, el pueblo de Thanaría—. No va a ser un viaje fácil, amiga pero mejor será que nos pongamos pronto en marcha, si queremos llegar antes del amanecer.

Casi cuatro horas más tarde los dos caminantes son recibidos por el canto estridente de un gallo a las puertas de una posada, donde el dueño, un hombre gordo y de aspecto agradable, les ofrece cama y algo de comer.

—Todavía nos queda algo del asado de jabalí que preparó mi esposa para la cena, y medio barril de vino —les explica mientras los empuja al interior de la posada—; en cuanto a la habitación, nos queda una, que no está excesivamente limpia y es un poco fría pero...

—Será un lugar perfecto para que descansen nuestros cansados cuerpos. ¿Verdad, chica?

—Sí, claro, estoy deseando dejarme caer y dormir hasta el mediodía —Daisa sonríe al ver el trozo de carne que el simpático posadero deja caer en su plato—. ¡Tiene un aspecto delicioso!

—Lo ha hecho mi esposa y lo he cazado yo —Explica el hombre, orgulloso.

—¿Cómo os llamáis, buen hombre? —Mientras pregunta el Tuzhandés rebusca entre sus ropas, hasta encontrar el trozo de tela que les diera Thorik antes de dejarles en la orilla del lago.

—Soy Nayuk, nacido y criado en Thanaria.

—¿Conoces a alguien con este nombre? —le entrega el lienzo.

—¿A Baljik? ¡Claro que lo conozco! Es el armero del pueblo y, según dicen, sabe como fabricar armas hechizadas, aunque eso lo reserve para ocasiones especiales —tras leer el mensaje, devuelve la tela a Ulbrin que la guarda de nuevo—, los manda ese loco de Thorik? —Sonríe—. Sigue empeñado en sacar a su hermana de la "Torre Gris", aún sabiendo que es imposible.

—No hay nada imposible —replica Daisa, escuchando con sumo interés—; apuesto mis quince piezas de planta contigo, posadero, a que nosotros dos somos capaces de rescatar a la hermana del barquero y traerla de vuelta sana y salva.

—Lo siento, señorita, pero no puedo aceptar la apuesta —Nayuk menea la cabeza de izquierda a derecha y sonríe tristemente—. Sé seguro que ganaría, y ustedes dos me caen demasiado bien para hacerles algo así.

—¿Qué le parecerían entonces sus quince monedas de plata, más quince mías de oro? —Sin dejar que el hombre abra la boca para replicar,

Ulbrin extrae de su zurrón una bolsa de cuero fuertemente atada y la deja sobre la mesa—, es lo que gané la temporada de caza pasada con la venta de pieles.

—Vaya, es una propuesta interesante, es mucho dinero —el posadero mira fijamente los dos sacos de monedas, sonríe nervioso y, finalmente, extiende su mano hacia los dos viajeros, aceptando la apuesta—, de acuerdo, vuestro dinero contra esto —con gran orgullo, coge un arca de pequeño tamaño de encima de una estantería, y la abre, mostrando su contenido: un pergamino de papel, viejo y amarillento, fuertemente atado con un fino hilo dorado y, junto al pergamino enrollado, dos pequeñas dagas de oro, terriblemente afiladas—; esto vale una fortuna.

—¿Qué es? —Daisa, intrigada, acerca su mano al cofrecillo, y acaricia una de las dos dagas, exclamando—. ¡Son de oro puro!

—Así es señorita —Nayuk cierra el arconcito, y lo vuelve a dejar en la estantería, junto a las bolsitas con el dinero—, en cuanto a qué son y de dónde vienen..., bueno..., no estoy muy seguro, sólo sé que me lo encontré hace más de treinta años flotando en el lago mientras pescaba con mi padre y desde entonces, ha permanecido en la estantería, acumulando polvo y telarañas.

—¿Cómo estás, entonces, tan seguro de su valor?

—Verás, amigo, antes de decidirme a abrirlo, consulté con los magos más importantes y poderosos del Continente, y todos coincidieron en una cosa: desenrollar el pergamino por manos no preparadas y en momento inoportuno, podría desencadenar la más holocaústica tragedia jamás imaginada por mente alguna.

—Siendo así, podemos esperar un poco más para abrir el pergamino. —desperezándose bruscamente, Ulbrin, se alza de la silla y, tras apurar su jarra, se despide de Daisa y del tabernero para ir a su cama.

—Es casi hora de abrir la taberna al público, y tienen que descansar. —Nayuk sonríe y comienza a recoger los platos donde los dos viajeros han saciado su hambre—, les espera una jornada dura.

—De acuerdo, pero no olvide despertarnos para la comida.

—Descuide, así lo haré.

En las calles de la ciudad de Thanaria, la gente comienza su actividad diaria. Las mujeres compran lo necesario en los puestos del mercado, los hombres trabajan en los campos, cazan en el bosque y pescan en el lago, y los niños se dedican a jugar o a escuchar las historias que los ancianos cuentan sobre grandes y poderosos dragones y batallas imposibles.

Intentando abrirse paso entre la multitud del mercado, avanza un hombre alto y bien parecido, en el que destaca el parche de tela negro, que tapa la cuenca vacía de su ojo derecho.

Avanza buscando algo, y su ojo sano se mueve a la velocidad de rayo, atento a cualquier cosa o persona que pueda llamar su atención, mientras, de vez en cuando, acaricia la empuñadura de su espada, siempre dispuesto a luchar si es necesario.

También él ha viajado desde muy lejos para llegar a la isla, en busca de venganza, y está empeñado en conseguirla cueste lo que cueste.

Ha llegado a la ínsula durante la noche, y ha dormido poco y mal en la posada de Nayuk, salió de su habitación poco después del amanecer y por la puerta trasera, es por eso que nadie lo ha visto. Ahora, tras varias horas de pasear por el pueblo, cuando su estómago le advierte de que es la hora de almorzar, regresa a la posada para saciar su apetito.

En un puesto de telas y alfombras, un tipo de aspecto infame y malcarado, ríe a carcajadas y se burla sin piedad del pequeño propietario del comercio, un anciano mercader, que intenta no hacer demasiado caso a dicho individuo.

—¿Puedo saber cuál es la gracia? —El desconocido se acerca al puesto y, sin prestar demasiada atención al enorme cuchillo que empuña el despiadado bromista, comienza a examinar las telas—. ¿Cuánto pide por esta? —Sonriendo, descuelga uno de los lienzos y rodea con él su cintura.

—D—dos monedas de plata. —El anciano vendedor extiende su mano para recoger el dinero, mientras sonríe y da las gracias al hombre tuerto.

El otro individuo, que ha permanecido muy serio observándolo todo, de repente vuelve a reír a carcajadas al tiempo que, con su cuchillo, apunta hacia el viejo.

—¡Te ha engañado, amigo! Ese pedazo de tela no vale ni una moneda de bronce, y tú has pagado dos valiosas monedas de planta ¡debes ser tan estúpido cómo él!

—Te equivocas, nunca me he considerado un estúpido, y sé lo que bastante sobre tejidos para saber que este tejido vale incluso más de dos monedas de plata, y ahora si me disculpas —sin inmutarse en lo más mínimo, el viajero se aleja lentamente del puesto de las telas, apartando a un lado al tipo, que deja de reír y parpadea perplejo.

—¿¡Te estás burlando de mí!?

—No.

—¡Nadie se burla de Ródoc y se marcha tan tranquilo!

—Seguro que no, pero te repito que no era mi intención ofenderte.

—Tus disculpas no me sirven, extranjero, sólo tu sangre y tu corazón en mi cuchillo —El llamado Ródoc gruñe por lo bajo como un animal enfurecido, mientras pasa su cuchillo de una mano a otra. Después, da un salto rápido, con el arma preparada para matar.

El hombre tuerto para el golpe con su espada al tiempo que, de una patada, manda a su rival contra una carreta llena de vasijas y cántaros de barro, que vuelca desparramando todo su contenido por tierra.

El tuerto recoge el cuchillo de Ródoc y lo lanza contra su asustado propietario, que ve como se clava en una madera del carro, a pocos centímetros de su cabeza.

Luego, el tuerto, saca una bolsita de dinero y la entrega al dueño de las vasijas que, al comprobar el contenido, marcha corriendo, gritando de alegría.

Más tarde, en la posada, Nayuk coloca ante él un enorme pedazo de pan caliente y un pedazo no menos grande de carne asada.

—Espero sacie con esto su hambre, señor.

—Gracias, posadero. ¡Ummm, el olor es exquisito! —Sin esperar más, el hombre del parche da buena cuenta de su comida y sonríe, cada vez que el posadero clava sus ojos en él y hace un significativo gesto de asombro.

—¡Por los dioses! —Exclama de repente el posadero—. ¿Acaso todos los extranjeros tienen un hambre tan voraz? ¿Tan mal se come fuera de la isla?

—¿Hay más forasteros aquí?

—Sí, esta madrugada, con el canto del gallo, llegaron un hombre barbudo y una joven bellísima, que todavía deben estar durmiendo, si estaban tan cansados como parecía.

—¿Dijeron de dónde venían?

—No, sólo que los trajo Thorik, el lacironés, y que pretendían ir al torreón a rescatar a una joven prisionera.

—Vaya, sólo conozco a alguien tan loco para hacer algo de esa índole, pero está demasiado lejos para ello —El hombre del parche negro queda un momento pensativo.

—Nunca te fíes de las apariencias, "Tuerto" del demonio —abrochándose la hebilla del cinto y caminando lentamente, Ulbrin de Tuzhand se acerca al sorprendido tuerto, que se levanta y se lanza a sus brazos para saludar a su viejo amigo.

—¿¡Ulbrin, qué haces en este lugar!?

—Busco aventuras ¿Y tú?

—Venganza —el ojo sano del hombre brilla por un instante, reflejando toda la rabia de su interior.

—¿Venganza, Balkarin? Creía que eso nunca entraba en tus planes. —Ulbrin se aparta, para permitir que su amigo tome asiento.

—Esto es diferente, Ulbrin.

—Debe ser algo verdaderamente extraordinario, cuéntame.

—Bien, no sé si sabrás que durante los dos últimos años formé parte de un pequeño ejército de hombres fuertes, valientes y generosos, éramos como una gran familia... Hasta que hace dos semanas, estando acampados cerca del río Muerto, alguien nos tendió una emboscada y nos atacó a traición durante la noche.

—Debieron ser un grupo numeroso.

—No, todo lo contrario, sólo eran siete, siete mujeres, las más hermosas que jamás puedas imaginar, contra veinte hombre fuertes y curtidos en cientos de luchas y batallas, que se encontraron impotentes ante la ferocidad de aquellas guerreras sin compasión.

—Las Damas Sangre, sólo ellas son capaces de hacer algo así —Daisa entra en el salón—comedor de la taberna, y sonríe a los presentes mientras toma asiento junto a Ulbrin y acepta la jarra de cerveza que le ofrece el tabernero.

—¿Ya has descansado bastante, compañera?

—Sí, y me llamó la atención vuestra conversación

—Vaya, parece que esta bella jovencita sabe algo interesante sobre mis atacantes —Balkarin, galantemente, se alza de su asiento y saluda a la recién llegada con una reverencia y una sonrisa.

—Oh, sí, mi amiga es toda una entendida en esos temas.

—Las Damas Sangre, según una antigua leyenda, son acolitas de la diosa Ráannaní, a la que adoran y ofrecen sacrificios humanos a cambio de la vida, la fuerza y grandes riquezas. —Daisa, sin hacer caso del jocoso comentario del Tuzhandés continúa sus explicaciones, a las cuales, el Tuerto atiende con sumo interés—. Se conservan jóvenes durante muchos años, y cuando la diosa decide que es el momento de que una de ellas deje su puesto a una novicia, esta debe marcharse a las Montañas Rugientes donde se convierte en piedra y cede toda su esencia vital a la recién llegada, que vivirá para servir a Ráannaní el resto de sus días o hasta que la diosa decida su final.

—Es interesante —Balkarin apoya su barbilla sobre su mano derecha y vuelve a dedicar una sonrisa a la joven que se ruboriza—; eres tan bonita como inteligente ¿nunca te lo han dicho?

—Gracias..., bueno, no sé.

—¡Tuerto del demonio! —Ulbrin, un tanto molesto por la galantería y la coquetería de su amigo con la joven aventurera, se alza de su silla y marcha a la calle, refunfuñando.

—¡Déjale, volverá para la cena! —Balkarin coge la mano de Daisa, al ver como ésta se dispone a salir en pos de Ulbrin—, lo conozco mucho mejor que tú, chica, se le pasará dentro de nada, ya lo verás.

Fuera, en la calle, Ulbrin camina lentamente, sin dirección, hasta que recuerda la promesa hecha al barquero y vuelve a leer las palabras escritas en el trozo de tela decidiendo, de inmediato buscar al tal Baljik.

De repente un grupo de jinetes, se lanza sobre él, tirándolo al suelo y pasando encima de su cuerpo mientras le gritan.

—¡Fuera de nuestro camino, rufián! —Los salvajes jinetes se alejan calle arriba, hacia el Torreón y todos se apartan de su camino sabiendo que, de no hacerlo, serán cruelmente pisoteados por los cascos de los negros caballos.

—¿Se encuentra bien, señor? —Con cautela y mucho temor, un niño diminuto de cabellos rubios y ojos alegres de color azul cielo, se acerca al caído tuzhandés que le sonríe y acepta la ayuda.

—Sí, pequeño, estoy bien —Ulbrin se sacude el polvo, suelta una sonora carcajada al darse cuenta de que el pequeñuelo sigue mirándolo con sus enormes ojos—. ¿Cómo te llamas?

—Vila, señor.

—Bien, Vila, ¿eres de aquí?

—Sí, señor, de Thanaria soy.

—¿Eres un nemphir?

—Sí, como mi padre, mi madre y todos mis ancestros.

—Entonces debes conocer a la persona que estoy buscando —mientras hablan, han comenzado de nuevo a caminar, y el pequeño ha trepado por la espalda de Ulbrin hasta quedar sentado en su hombro derecho.

—¡Yo conozco a todo los habitantes de la isla!

—Bien, ¿conoces a Baljik, el armero?

—¡Claro! ¿¡Cómo no voy a conocer a mi propio padre!? —Divertido, Vila hace un gesto con la mano indicando al tuzhandés una pequeña casa de barro y madera pintada de blanco con alegres flores en las dos ventanas laterales.

—¿Vives aquí?

—Ahá —Vila salta al suelo, y corre a la casita, gritando con todas sus fuerzas—¡Padre, padre!

—¿Qué ocurre, a que vienen esos gritos? —Un hombrecillo, de no más de treinta centímetros, abre la puerta de la casita y vuelve a cerrarla de golpe cuando sus ojos se posan en la gigantesca

Figura de Ulbrin—. ¿¡Un humano!? ¿Has traído un humano a casa, Vila?

—Sí, padre, él me preguntó por ti, y no parece mala persona....

—No, no parece mala persona, ¡pero huele a belgrin!

—Pero no es un belgrín y que yo sepa, hace tiempo que no he visto ninguno.

—¡Pues huele a belgrin! —El hombrecillo está a punto de cerrar la puerta de su pequeño hogar, cuando Ulbrin saca el pedazo de tela y lo muestra al nemphir, con aire esperanzado.

—¿Te envía Thorik?

—A mí, y a mi compañera, pero ella está en la posada descansando.

—Siendo así... —Baljik duda un instante pero luego, hace un gesto con la cabeza—. ¡Sígueme, humano! —Después, se aleja corriendo a toda la velocidad que le permiten sus pequeñas piernas hasta llegar a una caverna iluminada por multitud de antorchas. En el interior de la cueva, varias mesas cubiertas de manteles negros sobre los que Baljik tiene todas sus herramientas de trabajo para fabricar armas. En otra caverna interna más pequeña, brillan las ascuas de la fragua donde el armero forja sus armas.

—¿Es aquí dónde trabajas?

—Así es, y ahora, si me permites, buscaré lo que necesitáis tu amiga y tú, aunque yo de vosotros no me lo pensaría dos veces y me largaría de este lugar sin acercarme al viejo Torreón del Marqués.

—Pero le prometí a Thorik que..., ¡y además hemos apostado mucho dinero!

—Bien, siendo así, en fin, —poniendo cara de resignación, el pequeño hombrecillo se acerca a un enorme arcón de metal, en el que Ulbrin no ve ningún tipo de cerradura, sin embargo, Baljik, simplemente coloca una mano sobre la tapa del arcón y pronuncia unas extrañas palabras, tras esto, se aparta dejando que el hechizo actúe.

—¡Vaya, fabuloso!

—¡No toques! —El nemphir empuja al Tuzhandés, cuando este se dispone a introducir su mano en el arcón metálico—. Es peligroso tocar algo metálico cuando se está haciendo un conjuro mágico, ¿no lo sabías? —Cuando el extraño resplandor que surge del arca se extingue, Baljik hace un gesto a su sorprendido compañero que se aproxima con cautela.

—Mira, humano.

—¿Qué es esto? —Ulbrin introduce sus manos en el arcón, y saca una espada dorada con empuñadura en forma de garra que parece vibrar en las manos del Tuzhandés.

—Úsala con cuidado, guíala con el corazón hacia el enemigo, si lo haces bien, vencerás en cualquier pelea y a cualquier rival.

—¿Cómo? —Ulbrin acaricia la hoja del arma fascinado por su ligereza y brillo.

—Ven, mira mi yunque, y deja que la espada se encargue de él.

—Bien. —Ulbrin alza la espada y la deja caer después con toda su fuerza sobre el pesado y macizo yunque de metal soltando la espada de inmediato cuando las vibraciones alcanzan su brazo provocándole un intenso dolor.

—¡No, así no! —El nemphir se apresura a recoger el arma caída—. Toma, debes guiarla con el corazón, no con la fuerza de tus músculos.

Finalmente, tras varios intentos fallidos, Ulbrin consigue el objetivo, y la espada corta una de las esquinas del yunque con absoluta precisión como mantequilla cortada por un cuchillo caliente.

—¿Mejor así?

—Mucho mejor, ¡je, je! —El armero sonríe, vuelve a acercarse al baúl metálico y extrae algo más: Una vara metálica de color plateado—. Esto también puede ser útil, tómalo.

—¿Qué es? —El tuzhandés examina el bastón con interés, sin encontrarle nada de particular.

—Sirve para inmovilizar al enemigo, si logras atrapar su sombra con ella, lo dejarás inmóvil durante unos diez minutos, pero he de advertirte de algo.

—¿De qué?

—Úsala sólo en caso de extrema necesidad, pues una vez la hayas utilizado, no puedes volver a cogerla hasta que no hayan transcurrido cien años, de no hacerlo así, la vara absorbería tu espíritu y te convertirías en un zombie al servicio de la Oscuridad.

Al oír esta última palabra, el tuzhandés clava su mirada en el nemphir, y le pregunta en un susurro.

—¿Qué sabes tú de la Oscuridad? ¿Sabes como detenerla?

—¿¡Detenerla!? ¡Eso es imposible! —Baljik retrocede espantado—. ¡La única manera de detener a la Oscuridad es matando al Eterno Señor, y eso es prácticamente imposible!

—Alguien me dijo que tal vez exista una posibilidad.

—¡Mintió! Nadie ha conseguido regresar con vida tras un enfrentamiento con el Eterno Señor del Reino Oscuro y, los que quedaron con vida, se convirtieron en bestias depravadas y sedientas de sangre, cuyo único y principal objetivo es cazar y devorar a todo ser humano o de cualquier otra raza que se cruce en su camino —la tapa del arcón vuelve a descender suavemente, hasta cerrarse de nuevo, mientras el hombrecillo habla.

Ulbrin de Tuzhand escucha atentamente las palabras de su anfitrión, y mueve la cabeza de un lado a otro en señal de negación, después con una sonrisa y, tras agradecerle al armero los dos objetos mágicos, se despide de él con intención de regresar a la fonda, donde le esperan Balkarin y la hermosa Daisa.

Ellos, por su parte, han permanecido en la posada, conversando amigablemente, relatándose mutuamente innumerables aventuras y peleas.

—¿Pensáis permanecer en la isla mucho tiempo?

—El suficiente para conseguir lo que necesito para salvar Dilberain. ¿Y vos?

—Ya os conté que mi estancia aquí es pasajera, y que sólo busco venganza para mis amigos.

En ese momento, Ulbrin hace acto de presencia. Llevando en sus manos las armas mágicas del nemphir, y dejándolas caer sobre la mesa en la cual están sentados los dos amigos.

—¡Vaya! Veo que habéis hecho buena amistad...

—¿Celoso, tuzhandés? —El tuerto se levanta y palmea divertido la ancha espalda de su amigo—. Reconoce que lo tuyo no son las mujeres.

—¡¡¡No estoy celoso!!! Lo único que ocurre es que no soporto ver como os divertís, mientras yo busco lo necesario para seguir adelante con la misión que nos encomendaron —esto último lo dice mirando a Daisa al rostro, mientras con su índice derecho señala el pecho de la joven.

—¿Y habéis conseguido algo que merezca la pena? —La chica, tras apartar de un manotazo el dedo del hombre, coge el bastón y lo examina con interés.

—Sí, he conseguido cosas que pueden ser útiles, como... —en ese preciso momento, cuatro soldados del Marqués entran en el bar de la posada, acompañados por el bandido Ródoc que, tras una ojeada rápida al local, señala al trío y grita.

—¡Aquél, aquél fue el que intentó estafar a un mercader en el mercado y me golpeó después cuando intenté detenerle!

—¿Cuál de ellos? —Uno de los soldados da un paso hacía Daisa, Ulbrin y Balkarin, desenvainando su espada.

—El tuerto, pero si son amigos suyos..., seguro que también merecen un castigo.

—¡No sé quienes sois, ni qué daño os hemos hecho, pero no nos dejaremos apresar tan dócilmente sin pelear! —Haciendo gala de una agilidad y destreza dignas de admiración, Daisa empuña sus espadas, y salta por encima de la mesa, atravesando el pecho de Ródoc con una de las dos armas, mientras con la otra aparta la espada con la que uno de los soldados intenta atacar.

—¡Cómo se mueve! —Blandiendo su hacha a la altura del pecho, Ulbrin logra desarmar a otro de los soldados mientras Balkarin asesta un mortífero golpe con su acero a un tercer hombre del Marqués.

—¡Demonios, vienen más soldados! —El tuerto tira de su espada, desenvainándola del costado del soldado.

—¡Pues que vengan! —Ruge el tuzhandés, al tiempo que, de un sólo y brutal hachazo, decapita al hombre que tiene delante.

Desgraciadamente para ellos, los soldados del Marqués son demasiado numerosos y, aunque varios de ellos caen en la lucha, pronto se hacen con la situación, logrando reducir a los tres amigos, a los que atan con fuertes sogas y arrastran después hasta la calle, dejando tras de ellos un local completamente destrozado, y varios cadáveres y charcos de sangre por el suelo y sobre las mesas.

—¡Posadero! Toma para que arregles esto —el capitán de los soldados arroja a Nayuk una bolsa de cuero repleta de dinero.

Después sale de la posada y, riéndose, se dirige a los tres cautivos.

—Os gustará vuestro nuevo hogar, ¡del que no saldréis nunca!

Tras este comentario, se ponen en camino hacia el negro torreón, donde los tres aventureros serán confinados de por vida.

—Bien, supongo que nos costará menos de lo que pensábamos entrar en la prisión —bromea Ulbrin sin demasiado ánimo, recibiendo al instante un fuerte golpe de uno de los soldados que los vigilan.

—¡No quiero volver a oíros a ninguno de los tres!

Durante dos largas horas, los cautivos y sus captores avanzan lentamente por estrechos y polvorientos caminos, atravesando un espeso y oscuro bosque, hasta llegar a los pies de una gigantesca y terrible construcción de rocas de color gris oscuro, en la que no se aprecia, a simple vista, ninguna puerta o abertura para acceder al interior.

El capitán baja de su negra montura y, alzando la mirada hacia las alturas, grita.

—¡Abrid la puerta, guardias, traemos tres prisioneros!

—¡Ya va, ya va! —Al momento, toda la edificación comienza a vibrar de arriba abajo y, una abertura rectangular de más de dos metros de altura y otros dos de anchura aparece en la curva pared para sorpresa de los tres prisioneros que, inmediatamente, son bruscamente empujados al interior.

—¡Seguidme! —De las sombras surge una enorme figura, portando una gran maza de pinchos y vestida con una negra coraza metálica.

A simple vista, los cautivos pueden ver que se trata de un orco y que debe ser tan fuerte como estúpido y que no será difícil engañarlo.

El monstruoso personaje empuja a los dos hombres al interior de una mazmorra y, tras cerrar la puerta con llave, conduce a Daisa a otra celda, arrojándola contra el camastro de la misma con un bestial manotazo.

Una vez sola en la celda, la joven espera a que el orco se aleje para llamar a sus compañeros.

—¿Quién eres? No te conozco —una joven lacironesa, también cautiva, ocupa la celda donde han encerrado a la joven de Dilberain—. No sois de por aquí. ¿Por qué os han encerrado a ti y a tus amigos? A mi me encerraron por querer robarle al señor Marqués de Thanaria.

—¿¡Eres la hermana de Thorik, el barquero!? —Daisa, excitada, coge a la sorprendida ladronzuela, y la sacude con cierta violencia, agarrándola de los hombros—. ¡Tu hermano nos ha enviado a sacarte de este lugar!

—¿¡Mi hermano!? —Los ojos de la ladronzuela se iluminan al escuchar las palabras de la joven aventurera.

—Cálmate, vamos —Daisa se aparta de la ladrona, y se sienta en el camastro, ocultando su cara entre las manos—. Ahora tenemos un pequeño problema que solucionar.

—¿Cuál?

—Encontrar el modo de escapar los cuatro de este lugar.

—Ah, claro.

En la otra celda, los dos hombres meditan sobre su actual situación con calma mientras tantean cada milímetro de la pared de piedra curva, en busca de algún punto débil que pueda ayudarles a escapar.

—Nada, este lugar es de piedra sólida, sin junturas de ningún tipo —tras la infructuosa búsqueda, cansado y abatido, Balkarin se deja caer en el camastro, fijando su mirada en la puerta metálica—; si al menos nos hubieran dejado nuestras armas...

—¿Balkarin?

—Dime, amigo.

—¿Aún conservas aquella vieja capa de tela negra?

—Sí. —Sonriendo el tuerto se palmea la cintura, rodeada por una faja de negro tejido, enrollada varias veces en torno a su cuerpo.

—¿Aún conserva sus poderes de camuflaje?

—Sí. —Balkarin sonríe al comprender la genial idea de su viejo amigo y, rápidamente, desenrolla la tela de su cintura extendiéndola después sobre el suelo de la celda.

Acto seguido, Ulbrin golpea con fuerza la puerta de hierro de la mazmorra mientras Balkarin desaparece en las sombras del calabozo totalmente cubierto por la capa mágica.

—¿¡Qué ocurre, malditos insectos!? —El orco guardián se aproxima a grandes zancadas blandiendo su mazo, al escuchar el estruendo y los golpes en la mazmorra.

—¡Hola! —Sentado en la vieja cama, Ulbrin alza la mano en señal de saludo.

—¿Dónde está tu compañero? —El carcelero abre la puerta de la mazmorra, y penetra en el interior amenazando al prisionero con su terrible arma.

—Escapó —Ulbrín se encoge de hombros, con expresión perpleja.

—¡Imposible! —El orco comienza a buscar por toda la celda, sin hallar ni rastro del camuflado Balkarin que, en silencio y moviéndose en las sombras, logra salir del calabozo, no sin antes hacerse con las llaves de las celdas y una vez fuera lanzarle la capa a su amigo, que aprovecha la confusión del orco guardián, que sigue buscando al fugado, para salir de la celda y cerrar después dejando en su interior al monstruo ensimismado con la búsqueda.

—¡Busquemos a Daisa y salgamos de este lugar! —Balkarin vuelve a enrollarse la negra tela en la cintura y, sin más dilación, inicia la búsqueda de su amiga, seguido por el tuzhandés, que ha aprovechado para coger una de las antorchas que iluminan los húmedos y malolientes corredores del torreón.

—¡Por aquí, amigos! —Daisa agita una mano fuera de la celda para señalar el camino a sus compañeros, que avanzan sin rumbo por el interior de la torre—. ¡Estamos aquí!

—Ya la veo, está allí, al fondo del corredor —acelerando el paso, Ulbrin alcanza pronto la puerta del calabozo donde esperan las dos cautivas.

—Vamos, date prisa, abre la puerta y salgamos de este sitio cuánto antes mejor.

Una vez fuera, la joven se abraza a los dos sorprendidos amigos, que sonríen y apartan a la chica, mientras le piden calma y comentan entre ellos.

—¿Dónde está la calma y la templanza de la joven y dura guardaespaldas de Dilberain?

—Bien, dejémonos de juegos y salgamos del torreón —endureciendo su expresión, la bella aventurera se retira de los hombres, al tiempo que se ajusta el cinto y resopla con aire furioso—; no olvidemos a mi compañera de celda, es a ella a quien hemos venido a rescatar.

—Encantada de conoceros —la lacironesa sale del calabozo y, con mucha gracia, hace una reverencia a sus salvadores—. Estoy a vuestra absoluta disposición.

—Pues, para empezar, puedes ayudarnos a encontrar la salida —interviene Ulbrin poniéndose a la cabeza del grupo de fugitivos, iluminando el lóbrego corredor con la luz de la antorcha.

—No sé donde está la salida —responde la joven lacironesa con rostro serio—. Pero sé donde han escondido nuestras armas —añade después, corriendo súbitamente hacia una puerta de madera, bajo la cual puede apreciarse el brillo de innumerables antorchas.

—¿Qué lugar es este? ¿Qué hay aquí dentro? —Balkarin empuja la hoja de madera, que cede con suavidad emitiendo un levísimo gemido.

En el centro de la estancia recién descubierta no hay más que una mesa de piedra, y un altar de sacrificios cubierto, por completo, de sangre coagulada; sobre la mesa, situada en el centro del recinto, han sido depositadas todas las armas de los presos del "Torreón Gris", y los cuatro evadidos, se lanzan, sobre las mismas, dispuestos a recuperar sus pertenencias de combate.

—Es extraño que este lugar no tenga otro guardián que ese orco idiota; supongo que no esperan que nadie intente escapar —habla el tuzhandés mientras cuelga de su hombro el carcaj lleno de flechas para la ballesta.

—Tal vez tengan alguna sorpresa no demasiado agradable preparada para aquellos que intenten la fuga —Añade el tuerto encaminándose a la salida una vez recuperadas su espada y su ballesta.

De repente, el sonido de fuertes pisadas les hace volver al interior de la habitación, y esconderse tras la mesa y el altar, aguantando la respiración.

Varios minutos más tarde llega a sus oídos una potente y airada voz reprendiendo al carcelero, que ha permanecido encerrado en la oscura mazmorra.

—¡Silencio, amigos! —empuñando su espada. Balkarin "el Tuerto" se apuesta junta a la puerta de madera, esperando que alguno de los recién llegados abra y penetre en la estancia.

—¡Señor, aquí hay alguien! —Tal y como espera el aventurero, la puerta se abre de golpe y, no uno, sino tres de los soldados del Marqués, penetran en el habitáculo, siendo sorprendidos por Balkarin, que logra acabar con la vida del primero de los hombres atravesándole el cuello con su espada.

Fuera esperan cinco soldados más, dispuestos a acabar con los cuatro fugitivos que se abalanzan al exterior acabando con seis de los siete soldados que, paralizados por el ímpetu y la furia de sus enemigos, son rápidamente exterminados por éstos.

—¡Coged a ése y obligadle a que nos diga como salir del torreón! —Ulbrin dispara una flecha sobre el único soldado que ha sobrevivido a la lucha alcanzando su pierna derecha cuando éste intenta escapar corriendo.

Tras obligar al hombre para que confiese la manera de encontrar la salida, lo encierran en una de las celdas vacías, y arrojan la llave por un agujero del suelo.

Durante horas y horas, los cuatro aventureros recorren los largos y lúgubres pasadizos del torreón en busca de la salida, siguiendo las indicaciones dadas por el soldado del Marqués.

—¡Ese puerco nos ha engañado! —Furioso y desesperado, Ulbrin golpea el muro con la mano abierta—. Deberíamos volver y cortarle la lengua por mentiroso.

—Cálmate compañero, ahora no tenemos tiempo, lo más importante es encontrar la salida, y no lo lograremos dejando que los nervios nos dominen —Balkarin, palmea la espada del tuzhandés, que bufa y, tras coger de nuevo la antorcha, comienza a caminar nuevamente siguiendo el pasillo.

Caminan durante otras cinco o seis horas hasta llegar a una oscura y amplia cámara vacía por completo donde corren, libremente, varios espíritus encargados de vigilar el recinto para que nadie penetre sin recibir un terrible castigo.

De pronto, uno de los espíritus clava sus ojos en el cuarteto, y aullando, flota por el aire directo hacia los fugitivos, que permanecen clavados, inmovilizados por el pánico ante el ataque del fantasma que se detiene, de golpe, en el último instante y regresa al lado de sus compañeros con los que parece mantener una animada discusión, al tiempo que, de vez en cuando, miran en dirección a los cuatro evadidos.

Finalmente, el grupo de guardias espectrales desaparece, dejando la sala totalmente vacía y despejada ante los cuatro aventureros, que se miran sorprendidos y penetran en el lugar, no sin antes haber empuñado sus armas.

Caminan muy juntos unos de otros, muy lentamente, y se dan cuenta de que, a cada paso que dan, crece una abertura en la pared del recinto, una abertura que parece desintegrar el muro de roca gris, sintiendo como todo el torreón, una vez han alcanzado el exterior se desmorona a sus espaldas, desapareciendo por completo.

CAPÍTULO III

Amanece cuando, exhaustos y hambrientos, los fugitivos, llegan a la posada de Nayuk, que ha pasado toda la noche y todo el día arreglando los destrozos en su taberna, causados durante la pelea entre los soldados del Marqués y los tres aventureros.

—¡Por los dioses! ¡Habéis regresado! —Sorprendido y contento, el posadero deja su tarea y, ayudado por su obesa y risueña esposa, corre a la puerta dispuesto a recoger a los cuatro recién llegados.

—¿Tenéis algo para llenar el estómago, amigo Nayuk? —Agotado, Balkarin se deja caer en una silla, y se desprende de su calzado para dar un masaje a sus doloridos pies.

—Sí, sí, claro, ahora mismo amigos, ahora mismo —nervioso por la emoción, Nayuk corre a la cocina y regresa, al momento, cargando en sus brazos una bandeja metálica repleta de suculentos manjares.

—Comed, comed tranquilos, ¡es asombroso! Es la primera vez que alguien escapa con vida del "Torreón Gris"

—Supongo que eso quiere decir que ganamos la apuesta —interviene Daisa en ese momento, tomando un enorme y jugoso pedazo de jamón de la bandeja.

—Es cierto, es cierto, la apuesta —el posadero, finalmente, se da cuenta de la joven Gorina, que ha permanecido en la puerta de la posada sin atreverse a decir ni una sola palabra, pues conoce a Nayuk y sabe que no le es simpática.

Pero ese es un momento demasiado especial para estropearlo con estúpidos enfados, y el buen hombre, hace que la lacironesa se una a ellos y le ofrece de comer al tiempo que comenta.

—Tu hermano Thorik estará contento de volver a verte, jovencita.

Dejando a la joven al cuidado de su esposa, el posadero se reúne de nuevo con Ulbrin y Daisa, tras bajar de la estantería el cofrecillo y las dos bolsitas de dinero jugados en la apuesta.

—Y ahora, hablemos de nuestra apuesta...

——Eres hombre de palabra y eso me agrada —sin pensarlo dos veces, Ulbrin coge el arconcito y lo abre tomando las dagas y el pergamino del interior —ahora, Daisa, hemos de repartirnos esto.

—Supongo que lo mejor que podemos hacer es vender el pergamino y los cuchillos y repartir el dinero que consigamos. —La joven toma una de las dagas y la examina antes de volver a dejarla en la caja.

En ese momento, alguien penetra en la fonda, y avanza con decisión hacia las seis personas, que siguen hablando sentadas alrededor de la mesa.

—Os saludo, amigos. —Baljik, el armero nemphir de la ciudad de Thanaria se detiene ante Ulbrin y sus amigos—. Me alegra ver que habéis llevado a buen término el rescate... Pero ahora, si apreciáis en algo vuestra vida, debéis abandonar Thanaría, y regresar al continente antes de que el Marqués envíe a sus tropas a buscaros. —Tras esto, el pequeño hombrecito clava su mirada en Daisa y, lanzando un alarido, exclama:

—¡Hueles a belgrin, humana!

—Es lógico que huela belgrin, mi padre lo era, y como es lógico, yo soy un híbrido de las dos razas. —Explica la chica con orgullo.

—Pues procura no acercarte demasiado a mí, por favor —y arrugando su nariz, se aparta de Daisa, que se encoge de hombros.

En ese preciso momento, en la mansión del temido Marqués, éste brama furioso y clama venganzas y horribles torturas y castigos contra aquellos que se han atrevido a destruir su preciado "Torreón Gris", e inmediatamente, decide enviar una nube de ratas voladoras soldado para que asolen la ciudad.

—Que los Groudings se preparen para un ataque contra los habitantes de Thanaria, ¡y que nadie sobreviva!

—Sí, mi señor. —Con una reverencia, el súbdito del Marqués abandona el salón, dejando a su amo y señor sentado en su trono, con la cabeza apoyada en la mano.

Pasados diez minutos, el nigromante, se alza de su trono, y camina con paso firme hacia un viejo espejo de cuerpo entero partido por la mitad.

Una vez ante el espejo, el mago alza su mano izquierda a la altura del rostro y entona los pertinentes pases mágicos para invocar a su espía fantasma, que aparece al instante en el espejo y saluda con una reverencia.

—Decidme, señor, ¿cuál es vuestra pregunta?

—Espía, ¿sabes cuál es el motivo del hundimiento de mi sagrado Torreón? ¿Por qué los soldados fantasma no detuvieron a los fugitivos?

—El torreón se hundió cuando los evadidos lograron escapar rompiendo el hechizo. Los soldados fantasma no tienen poder ante la persona que porta en su mano el anillo rojo de Tanath.

—Retírate, espía, has contestado a mis preguntas con sabiduría, y he quedado satisfecho con tus respuestas.

—Sí, mi señor —la imagen del espejo se desvanece por completo y, una vez solo de nuevo, el Marqués se hinca de rodillas en el suelo y lanza un terrible aullido que se escucha en toda la isla, de Norte a Sur, de Este a Oeste haciendo que los campesinos, aterrados, se escondan en sus casas, cerrando puertas y ventanas a cal y canto, rezando a sus dioses protectores.

—¡Soldados, soldados!

—¡A la orden, Señor! —Casi instantáneamente cuatro guerreros, vestidos de negro de la cabeza a los pies, se presentan ante el nigromante.

—Escuchadme bien, mis fieles hombres, ¡ofrezco a aquel que me traiga a los fugitivos y al portador del anillo rojo de Tanath, la cantidad de cien monedas de oro!

—¡A sus órdenes, Señor! —Sin decir una palabra, los cuatro soldados abandonan el salón y parten raudos a cumplir la misión encomendada por el malvado brujo, albergando en sus corazones, la esperanza de conseguir la recompensa.

Mientras, en la posada, los aterrados ocupantes se enfrentan a un enjambre de voraces y sanguinarias ratas aladas soldado, que matan y devoran a cualquier que tiene la mala suerte de ponerse en su camino.

—¡Son las ratas del Marqués! —Subido a una mesa, el buen Nayuk blande una vieja y oxidada hacha, intentando mantener a las bestezuelas lejos de su indefensa esposa.

—¡Malditas bestias, debe haber más de mil! —Balkarin y Ulbrin no descansan ni un momento, disparando sobre las ratas con sus ballestas mientras, las dos chicas defienden el lugar manejando con maestría sus espadas, logrando acabar con un número significativo de los pequeños monstruos, que siguen atacando, incansables, a los valerosos aventureros.

También Baljik el armero de Thanaria, lucha con valentía contra las ratas, usando alguna que otra de sus mágicas armas traídas desde su casa para entregarlas a Ulbrin y a Daisa con el fin de ayudarles a vencer al Marqués.

Y lentamente, las ratas aladas soldado, son vencidas y sus malolientes cuerpos peludos cubren el suelo de la posada.

De pronto, por arte de magia, todas las ratas, tanto vivas como muertas, desaparecen, emitiendo un fuerte resplandor, siendo su puesto ocupado por un ejército de Groudings a las órdenes del Marqués, que se ceban en los exhaustos luchadores.

—¿De dónde salieron estos guerreros infernales?

—Son Groudings, amigos, y luchan a las órdenes del Marqués, y no les importa morir para complacer a su amo —Baljik intenta hacerse oír entre la algarabía de gritos y golpes de espada.

De repente, un grupo de jinetes vestidos de negro, a lomos de negras monturas, descabalgan a la puerta de la fonda y, tras empuñar sus armas, entran en el lugar, hecho que provoca la instantánea paralización del ejército Grouding.

Una vez dentro, avanzan directamente hacia los cuatro aventureros, con las armas en la mano.

—¡Decidme, perros! ¿Quién de vosotros porta en su mano el anillo rojo de Tanath?

—Creo que es esto lo que habéis venido a buscar —Daisa da un paso hacia los recién llegados, con su mano derecha extendida, mostrando la mágica joya—. Pero os advierto, os costará mucho más de lo que a mi me costó conseguirla arrancarla de mi dedo.

—Hemos venido a cumplir, órdenes, y estamos dispuestos a mataros si es necesario...

—¡No lo creo! —De repente la joven, desenvaina sus dos espadas, y comienza a correr hacia el grupo de soldados, al tiempo que de sus labios brota una retahíla de palabras, que ninguno de los presentes, a excepción del nemphir, conoce.

—¿Qué nos estás haciendo, jovencita?

—¡Corred, vamos, busquemos al Marqués y démosle su merecido! —Una vez terminado el conjuro, Daisa espera la reacción de sus amigos, que permanecen impasibles, ante el espectáculo que ofrecen los paralizados guerreros del Marqués de Thanaria.

—Ha logrado realizar un hechizo de cadena invisible aplicado a más de un ser, asombroso. —Baljik salta al suelo y corre junto a la joven—, he de reconocer que no está nada mal para una medio—belgrin...

—Gracias..., supongo.

—¡Marchad, amigos! —Nayuk empuja a Balkarin y a Ulbrin hacia la puerta—; yo me encargaré de estos bastardos.

—Si no os importa, yo me iré a buscar a mi hermano —y, sin esperar, Gorina se escabulle del lugar, saliendo por una ventana, para marchar en busca de Thorik.

—No os preocupéis en seguirla, esa ladronzuela ya ha luchado bastante por hoy —el posadero mira por la ventana en dirección del camino escogido por la lacironesa.

—De acuerdo, vámonos —por fin los dos amigos, se ponen en marcha y se reúnen con Daisa y Baljik, que esperan en el exterior, montados a lomos de dos de los negros caballos de los guerreros del Marqués.

—¡Busquemos al tirano y castiguémoslo!

—Con una orden, Ulbrin hace que su montura se lance en una vertiginosa carrera en busca del nigromante, seguido de cerca por Balkarin, Daisa y Baljik.

El sol del mediodía cae a plomo sobre los jinetes, en el preciso momento en que el negro palacio del Marqués aparece ante sus ojos.

—¡So, caballo! —Ulbrin da un tirón a las riendas de su montura, que se detiene de golpe y a punto está de tirarlo al suelo.

—Se huele el mal por estos parajes —el nemphir olfatea el aire con interés y arruga la nariz al percibir el hediendo aroma de los servidores del Averno.

—Este lugar da miedo —Un escalofrío recorre la espina dorsal de Daisa, y pone sus blancos cabellos de punta—. No me gustaría perderme de noche por esta zona.

De repente, la puerta de la mansión se abre lentamente, y una figura vestida con una negra túnica y la cabeza tocada por una corona de oro sale al exterior. Por su porte altivo y majestuoso ninguno de los presentes duda de su identidad, y se miran unos a otros, esperando a que alguien se atreva a dar la señal de ataque.

—No hemos de precipitarnos —pide Baljik bajando del caballo y rodando hasta los pies de Ulbrin, que ya ha empuñado su hacha—; tenemos que evitar ser descubiertos antes de tiempo.

—¿Cuál es tu idea, pequeño? —Sin soltar el hacha, el tuzhandés espera con impaciencia, al igual que Daisa y Balkarin, a que el nemphir hable.

—Bueno, yo había pensado que vosotros dos podríais mantener ocupado al Marqués, mientras la joven y yo reforzamos su hechizo de cadena invisible, y se lo aplicamos después, paralizándolo por completo.

—Suena bien, pero yo imagino que nuestro enemigo no debe estar desprotegido y que, en cuanto nos acerquemos a él, sus hombres nos harán pedazos.

—Tu preocupación no es infundada, amigo del ojo tapado, pero también para eso tengo

solución: dame tu espada y tú, dame tu hacha —
Balyik hace un gesto a los dos amigos, esperando
que éstos le entreguen sus armas.

—Sí, claro —sin dudar un instante, los dos
amigos dejan caer sus armas a los pies del
hombrecillo que, de inmediato, inicia un hechizo de
potencia de ataque.

Mientras, el hechicero, ha vuelto al interior
de su hogar tras comprobar que sus hombres no han
regresado todavía del pueblo, por lo que decide
enviarles un hechizo de fuego instantáneo como
castigo, que acaba con ellos de forma inmediata en
la vieja casa donde el posadero Nayuk los tiene
prisioneros.

Pasan quince largos minutos antes de que el
armero nemphir termine de recitar el hechizo de
potencia de ataque. Cuando al fin termina, el metal
de las armas brilla intensamente.

—Debes tener en cuenta dos cosas muy
importantes.

—¿Cuáles?

—Primera: el poder las armas no es eterno y gastaréis una fracción del mismo cada vez que ataquéis.

Segundo: para que el poder actúe debéis mover las armas en sentido horizontal y cuanto más fuerte sea el golpe más alcance tendrá el poder de ataque.

—De acuerdo. —Los dos aventureros recogen sus respectivos armamentos y se disponen para el ataque, saltando sobre los caballos, y dando a estos la voz de marchar hacia la mansión del Marqués.

—Jovencita, sígueme, tenemos trabajo.

—Sí, ¿qué tengo que hacer?

El ruido de los cascos de la pareja de caballos llega a oídos del nigromante, que ríe tras visualizar la imagen de los jinetes gracias a los poderes de su espía fantasma.

—¿Qué hará ahora, Señor?

—Recibir a nuestros dos visitantes como se merecen —el Marqués alza su mano izquierda y pronuncia dos palabras.

En el exterior, la tierra vibra cuando docenas de muertos vivientes emergen del subsuelo revividos por el hechizo del mago.

—¡Fuera de nuestro camino, sucias criaturas! —La espada de Balkarin se mueve a la velocidad del rayo, abriendo camino entre la horda de zombis, que caen al suelo, agitando todavía sus putrefactos cuerpos antes de explotar en mil pedazos—. Llegaremos a nuestro destino aunque seáis miles. ¡Y no lo sois! —El hechizo del nemphir también funciona a la perfección, facilitando la victoria de la pareja que, en menos tiempo del esperado, se planta ante la puerta de la vieja casona.

—¡Abrid la puerta rufianes! —Al grito del tuzhandés la puerta comienza abrirse, hasta dejarles el suficiente espacio para pasar.

—Entrad, mi señor os espera impaciente —Una misteriosa voz llena el recibidor de la gran mansión, aunque ninguno de los dos logra ver a nadie.

La voz vuelve a hablar, esta vez más cerca de la pareja que permanece tensa.

—Entren por la puerta que hay al final del corredor, y desciendan por la escalera de piedra.

—¡Muéstrate, cobarde! —El tuzhandés empuña con fuerza su hacha, preparándose para un posible ataque.

—Ulbrin, creo que será mejor obedecer— Balkarin coge a su compañero por el brazo, obligándole a bajar su arma—. Recuerda que Daisa y el armero se preparan para atacar en cuando les sea posible.

—Tienes razón, vamos pues a conocer a nuestro anfitrión.

Avanzan por el largo pasillo de baldosas negras y paredes grises, fuertemente iluminado por enormes lámparas de aceite colgadas del lejano techo, hasta alcanzar la puerta, que se abre de manera tan misteriosa como la principal, dejándoles ver la escalera de roca labrada en el suelo, que desciende hasta los sótanos de la mansión.

Antes de iniciar la bajada, Ulbrin toma una de las antorchas que hay colgadas a cada lado de la puerta.

—Bajemos.

Mientras, Daisa y Baljik siguen con su mágica tarea con el fin de potenciar el hechizo de cadena invisible, y el aire brilla en torno a ellos.

—Debes estar preparada, jovencita, tus amigos deben de estar a punto de conocer al Marqués.

—Sí, estoy preparada.

De vuelta al subterráneo de la mansión:

—Bienvenidos, valientes guerreros, es un placer conoceros —El nigromante se alza de su trono y extiende su mano derecha hacia los hombres, que rechazan el saludo con gesto despectivo.

—Será mejor que te rindas y vengas cono nosotros —Balkarin desenvaina su espada y amenaza con ella al hombre de la túnica negra—; hemos luchado mucho para llegar hasta ti, y estamos cansados.

—¿Estáis cansados? —El nigromante sonríe cruelmente—. Entonces seréis presa fácil para mi poder.

—¿Que piensas hacernos, bastardo? —El tuzhandés, hacha en mano, da un paso al frente, viéndose instantáneamente lanzado a varios metros de distancia, con el brazo derecho con el que sujeta su arma, ennegrecido y dolorido, sin poder moverlo.

—Inténtalo otra vez y haré que la cabeza te estalle en pedazos —El Marqués sigue sonriendo, su mano alzada a la altura del rostro.

—Creo que nos tiene totalmente en su poder —el tuerto se apresura a socorrer a su amigo, que permanece tendido en el suelo, fuertemente aferrado a su brazo herido—. Mejor será no ponerle nervioso, su magia es demasiado fuerte.

—Sí amigo, supongo que he sido demasiado impaciente, ¿verdad?

—Cuando terminen de conversar, hagan el favor de escucharme, y atiendan si no quieren ser responsables del hundimiento de la isla en la aguas del lago.

—¿¡Habla en serio!? —Ulbrin se apoya en el cuerpo del tuerto, que lo sostiene para que no caiga. — ¡Debe estar loco!

—Quizás, pero es algo que tenía pensado desde hace mucho tiempo, esta isla no tiene ningún futuro.

—¿Y las gentes, las personas? —Susurra Balkarin, aterrorizado.

—Sacrificables.

—¡Bastardo!

—¡Silencio! —El nigromante gira la cabeza en dirección al altar de mármol que ocupa la pared derecha del recinto, sobre el cual reposa una imagen en miniatura de Nisvaal, diosa de la maldad—. Volved a alzar la voz contra mi y...

—¿Y qué?

Como única respuesta, el malvado dictador de Thanaria hace un extraño movimiento con su mano izquierda y la isla entera comienza a temblar con fuerza, cundiendo el pánico entre los isleños.

—¿Tembló la tierra o fue fruto de mi imaginación? —Daisa, sorprendida por el repentino seísmo, abre los ojos y vuelve la cabeza para mirar a Baljik, que ha caído al suelo durante la sacudida de tierra.

—No, muchacha, no fue tu imaginación —el nemphir se levanta y sacude su traje para limpiarlo—, pero no debemos preocuparnos por eso, nuestra misión es reforzar el hechizo y ayudar a tus amigos —y, sin añadir una palabra más, el nemphir vuelve a cerrar los ojos para concentrarse.

—Como habéis podido comprobar, no bromeo.

—De acuerdo, ¿qué quieres que hagamos?

—Quiero que me traigáis algo, os advierto que no será fácil, tendréis que regresar al continente para llevar a cabo vuestro cometido.

—¿Qué nos ofreces a cambio del éxito de nuestra misión? —Balkarin, que había empuñado la espada cuando comenzó el terremoto la vuelve a envainar y escucha las palabras del Marqués.

—Os perdonaré la vida a vosotros y a los habitantes de la isla.

—¡No le escuches, "Tuerto"!

—No tenemos otra opción, estamos a su merced.

Por su parte, el nigromante, se ha apartado de los dos amigos y ha convocado al espía—fantasma del espejo.

—Espía, muestra a nuestros invitados aquello que deseo conseguir con tanta necesidad.

—Sí, mi señor —al momento, la imagen del espía es sustituida en el espejo por la imagen de una cueva de paredes luminosas guardada por una monstruosa hidra de color rojo oscuro.

—¿Qué pretendes que te traigamos?

—Fijaos en aquella roca roja del fondo de la caverna. ¿Veis como brilla?

—Sí, ¿qué tiene de especial?

—Esa roca roja es el corazón de una hidra roja de la arena, a la que le cortaron las tres cabezas hace cuatrocientos años. Tras su muerte, su corazón se volvió de piedra, y según la leyenda, en el interior del mismo, se esconde el secreto de la vida eterna y la magia suprema.

—¿Y porqué no mandas a tus hombres a buscarla?

—Me es imposible, estoy encadenado a este lugar sin posibilidad de moverme sin perder mis poderes mágicos, y en cuánto a mis soldados, también morirían si abandonasen la isla.

—Entiendo, siempre es mejor enviar a otros a hacer los trabajos difíciles, ¿no? —Ulbrin sonríe, sarcástico mientras frota su brazo herido, en un intento por reanimarlo—. Y has pensado en nosotros.

De repente, el cuerpo del nigromante, se pone rígido como la piedra ante la mirada atónita de los dos hombres.

—¡Daisa y el enano deben de haberlo logrado! —Sin pensarlo dos veces, Balkarin empuña su espada, y carga contra el paralizado Marqués atravesando su pecho.

En el exterior de la mansión, Daisa, corre en torno al nemphir mientras este visualiza mentalmente la imagen del nigromante.

—¡Lo han logrado! —Baljik da un repentino salto, olvidándose por completo del hechizo—. ¡Balkarin ha matado al Marqués!

—¡Entonces, estamos libres! —La joven deja de correr, y dirige su mirada hacia la mansión, en espera de que salgan sus dos amigos.

—¿Qué ocurre ahora? —El nemphir, de repente, endurece las facciones de su rostro y, hace una señal a Daisa, obligándola a agacharse—. ¡No puede ser!

—¿El qué? —Como respuesta a la pregunta de Daisa, el suelo se abre bajo ellos y comienzan a caer en un oscuro abismo que los lleva directamente al lugar ocupado por el nigromante y sus dos repentinos y sorprendidos prisioneros.

—Vaya, vaya, más invitados... —Sonriente, el Marqués sostiene en su mano derecha la espada de Balkarin "El Tuerto", goteando su propia sangre—. Se volvieron a precipitar, no me dejaron explicarles todo mi problema, e intentaron matarme. ¡Necios! No pensaron que yo ya era inmortal, que lo soy desde hace setecientos años, desde el momento en que vendí mi alma a la diosa Nissvaal a la que sirvo con orgullo, ¡lo único que quiero es librarme de las cadenas místicas que me atan a esta maldita isla!

—Ulbrin, Balkarin, ¿estáis bien? —La joven se acerca a los dos hombres, que han quedado paralizados por un hechizo del nigromante.

—Estamos vivos, y es más de lo que esperábamos —El tuzhandés intenta sonreír, pero el dolor de su brazo es demasiado intenso, y una mueca de angustia aparece en su rostro.

—¡Por los dioses, tu brazo!

—Tranquila, no es nada.

En este momento, el Marqués se aproxima a los prisioneros y, con un simple gesto rompe el hechizo de paralización que los mantenía pegados contra la pared del sótano.

—La joven y el nemphir pueden acompañaros, si lo deseáis, pero será un viaje difícil.

—Yo voy con ellos, ¿y tú? —La muchacha mira a Baljik, que baja los ojos y mueve a cabeza en gesto negativo.

—Pero puedo hacer algo por tu brazo herido, tuzhandés —sonriendo, el nemphir se acerca a Ulbrin, y le entrega un saquito de cuero—. Son hojas de nogal del río muerto, mastica una cada día durante cinco minutos y escúpela después sobre tu brazo.

—¿De ese modo se me curará el brazo? —Ulbrin coge la bolsita y la mira con recelo.

—Te calmará el dolor, y podrás volver a empuñar tu hacha con normalidad.

—¿Y después?

—Puedo prepararte un hechizo de curación, pero tardaré algún tiempo, puede que incluso días.

—De acuerdo, espero regresar pronto —con una sonrisa, el tuzhandés estrecha la diminuta mano del nemphir.

Unas horas más tarde y tras recibir las últimas instrucciones del nigromante, el trío de aventureros se despide del nemphir que, encaramado a lo más alto de un enorme árbol, contempla su marcha a bordo de la barcaza de Thorik, el lacironés.

CAPÍTULO IV

Sobre la barcaza de Thorik, éste conversa con sus tres pasajeros.

Están alejándose rápidamente de la isla y se acercan al continente, flotando suavemente sobre las aguas del lago.

—Mi hermana vino a verme en cuanto se separó de vosotros, me contó como el "Torreón Gris" se hundió cuando salisteis, y de cómo repelisteis el ataque de las ratas voladoras.

—Sí, estuvo con nosotros hasta la llegada de los hombres del Marqués —replica Daisa en tono entre despectivo e irónico—; después se esfumó y nos dejó solos.

—Oh, sí, es propio de Gorina, siempre se marcha en cuanto el problema es demasiado grande, mi hermana no es excesivamente valiente, ¿sabéis?

—Claro, claro, no necesitamos ninguna explicación —Ulbrin, que ya mastica la primera hoja de la bolsa de cuero, se apoya en su hacha, y clava los ojos en la cristalina superficie del lago.

—¿Dónde vais ahora, amigos?

—A Orbón —responde Ulbrin sin apartar la vista del agua

—¿A Orbón? —Repite el lacironés mirando espantado a Balkarin que le dedica una sonrisa. —¿Qué os lleva hasta allí? ¡El sentido común no, seguro!

—El Marqués de Thanaria. —Contesta Ulbrin, los ojos fijos en el lago.

—¡Estáis más locos de lo que imaginaba! Ese maldito no conoce la lealtad, y en cuanto le entreguéis lo que necesita, os matará sin piedad, como a perros.

—Sabemos a lo que nos exponemos, pero le dimos nuestra palabra.

—Bien, supongo que es asunto vuestro —Y Thorik sigue remando en dirección a tierra firme.

Todos permanecen en silencio durante un largo rato, sentados en el suelo de la barca.

Finalmente, la joven rompe el silencio reinante para preguntar algo al barquero.

—Thorik, ¿sabes cómo llegar a Orbón?

—No exactamente...

—¿Seguro?

—Bueno..., la verdad es que sí, he oído algo sobre cómo llegar a la región oscura... ¡Pero me sigue pareciendo una locura por vuestra parte!

—Tú no te preocupes por eso y dinos la forma de llegar a Orbón —le apremia Ulbrin, alzándose del suelo de la embarcación, oteando el horizonte en busca de la ya cercana playa.

—Sí, señor —El lacironés suspira hondamente, y rebusca entre sus cosas arrinconadas en la proa de la barca, hasta encontrar un viejo mapa que muestra orgulloso a los pasajeros—. Para llegar a Orbón, debéis viajar hacia el Nordeste, pasar Dilberain, cruzar el bosque de nogales del río muerto, caminar durante unos cinco días en dirección al sur, y esperar a que la entrada hacia la región oscura de Orbón no haya desaparecido desde la última vez.

—¿Qué significa eso? —Balkarin lanza la amarra con gran destreza enlazando el palo del embarcadero.

—Pues eso, al ser un lugar mágico, su entrada también lo es y, según las leyendas, aparece y desaparece cada cierto tiempo.

—Eso quiere decir que quizás hagamos el viaje en vano —Daisa deja la embarcación y mira el lago en el que el sol refleja sus últimos rayos del día antes de desaparecer.

—Ya nos ocuparemos de ese problema, ahora Thorik, ¿has cuidado bien de nuestras monturas? —Ulbrin acaricia su bolsa de monedas y sonríe.

—¡Oh, si! Vuestros caballos están en lugar seguro y bien cuidados, si me acompañáis... —El lacironés echa a andar en dirección a un promontorio de rocas desde el que llega a sus oídos los relinchos de los caballos de Ulbrin y Daisa.

—¿Están ahí dentro? —Daisa corre a buscar a su preciado bicéfalo, mas se detiene en seco al no encontrar entrada o cosa parecida por el que acceder al interior del pequeño cerro de roca maciza—. ¿Dónde?

—Sígueme, amiga —sonriente, Thorik rodea el promontorio rocoso hasta llegar a una losa de piedra de considerable tamaño. —Si esperas un instante a que alce esta losa...

—¿Permites? —Ulbrin aparta a un lado al lacironés y, sin pensarlo dos veces, coge la roca con sus manos desnudas y la alza con toda facilidad por encima de su cabeza, para dejarla suavemente a un lado permitiendo, la visión de una tosca escalera tallada en la roca que se pierde en las profundidades de la tierra.

—¿¡Has metido a nuestros animales ahí dentro!? —El tuzhandés desciendo varios escalones y se detiene para esperar a Daisa y a Thorik.

—Sí, y puedo asegurar que he cuidado a los dos animales como a reyes —Thorik se adelanta a Ulbrin en la bajada, portando una extraña roca de color azul que brilla con fuerza, iluminando el túnel.

—Espero, por tu bien, que así sea.

Tras unos minutos de descenso, llegan a un amplio recinto subterráneo, iluminado por enormes rocas azules.

En un rincón, bastante espacioso, los dos animales esperan impacientes a sus amos, mientras comen hierba verde y jugosa traída por el barquero.

—Como podéis comprobar, los animales están en perfecto estado.

—¡"Furia del viento", amigo del alma! —Sin disimular su alegría la joven se lanza sobre su querida montura, que la recibe con un relincho de su cabeza izquierda y un lametón de su cabeza derecha. —Veo que tienes buena compañía... —Sonríe, fijando su mirada en la yegua blanca de Ulbrin, que permanece indiferente mientras su dueño la acaricia y le alisa sus crines con su mano.

—Mi yegua nunca se juntaría con un animal como el tuyo, Daisa.

—¿Qué tienes contra mi bicéfalo, maldito tuzhandés? —Verdaderamente ofendida, Daisa coge las riendas de su montura y se parta de Ulbrin, que monta en la yegua y la sigue con la intención de disculparse.

—Thorik, ¿puedes decirnos cómo se sale? —Con aire digno y sin hacer caso de las disculpas de Ulbrin, Daisa camina hacia las escaleras, donde espera el lacironés, que los mira divertido.

—Pues, por el mismo lugar por donde entramos, así que te recomiendo que te apees de tu yegua si no quieres golpearte la cabeza.

En el exterior de la caverna, Balkarin espera sentado sobre el montículo rocoso, contemplando la luna, cuando algo se le acerca por detrás, y sin que se de cuenta, coloca en su carcaj una flecha dorada con una inscripción para, después, marcharse del lugar tan rápida y silenciosamente como ha llegado.

—Veo que ya habéis salido del subterráneo —salta del montículo al ver como sus compañeros salen de la caverna, tirando de las riendas de sus monturas.

—Sí, ya podemos continuar el viaje. —Ulbrin monta en su yegua, y lanza cuatro monedas de oro que el barquero atrapa al vuelo.

—¿Y tú caballo, Balkarin?

—Murió. —El aventurero sujeta las riendas del bicéfalo, mientras la joven se prepara para montarlo. —Me lo mataron poco después de perder a mis compañeros a manos de las Damas Sangre.

—¿Y no has podido conseguir otra montura, amigo? —Thorik, que ha escuchado con atención se aproxima a la pareja, jugueteando con las monedas.

—No, no he tenido tiempo, lo he dedicado a buscar a los asesinos de mi grupo, hasta que os encontré a vosotros.

—¿Quieres un caballo?

—¿Lo dices en serio, de verdad puedes conseguirme una montura? —Balkarin, que se dispone a subir tras Ulbrin en la yegua, se acerca al lacironés y le estrecha la mano—. Consígueme un caballo y te pagaré generosamente, amigo.

—Me encanta hacer negocio con gente como vosotros —Thorik se frota las manos, pensando en el dinero que puede ganar—. Bueno, lo único que has de hacer es esperar aquí esta noche mientras yo voy a buscar tu caballo —Y sin añadir una palabra, el lacironés salta a su barca, suelta amarras e, introduciendo el remo en el agua, se aleja lentamente de la orilla silbando alegremente.

—Marchaos si queréis, nos reuniremos en Dilberain, si es posible.

—¿En serio te fías del barquero? —Daisa agita una mano en el aire en señal de despedida para, seguidamente dar la orden de marcha a su bicéfalo, que se lanza al galope en una desenfrenada carrera.

—Bueno amigo, espero verte pronto — Ulbrin estrecha la mano de su compañero con fuerza.

—Y yo espero que el lacironés cumpla su promesa, ahora márchate y cuida a nuestra amiga —el hombre del parche palmotea los cuartos traseros de la yegua de Ulbrin, que también se lanza al galope, en pos del bicéfalo al que no tarda en alcanzar.

Durante varias horas, Balkarin espera en el interior del subterráneo el regreso de Thorik, que llega cantando alegremente, y salta a tierra tras amarrar la barca.

—¡Eh, amigo! —Grita.

—Vaya, por fin has regresado —Balkarin sale de la cueva, y saluda al recién llegado, que se aproxima a él tirando de las riendas de un precioso caballo de color rojo y poderoso cuerpo, que patalea nervioso horadando el suelo con sus duras pezuñas delanteras.

—¿Qué te parece?

—Bello animal, no se puede negar —El tuerto acaricia la cabeza del animal, que le olisquea y le lame amistosamente tras reconocer en él a un nuevo amigo—. Y es simpático, veamos si sabe correr.

—Claro que sí, es rápido como el viento y muy fuerte, si partes ahora podrás alcanzar a tus amigos en poco tiempo.

—Me parece una buena idea —Balkarin monta en el caballo, que relincha con furia e intenta tirarlo al suelo, aunque sin conseguirlo—. Me gusta, tiene poder y es terco —Introduce su mano derecha en su zurrón y saca un puñado de monedas de plata, que deja caer en las manos de Thorik.

—Gracias, señor, ha sido un placer hacer negocios con vos —antes de que el lacironés termine la frase Balkarin ya galopa, como alma que lleva el Diablo, en dirección a Dilberain.

—Vamos caballito, sigue corriendo así y llegaremos a Dilberain antes que Daisa y Ulbrin.

Mientras, a varios kilómetros por delante de él.

—Creo que nos hemos perdido. —Daisa obliga a su montura a detenerse y, haciendo visera con su mano derecha sobre sus ojos, otea el horizonte con atención.

—¿Estás segura? —Su compañero se coloca junto a ella y se dispone a desmontar.

—Bueno..., mi ciudad natal es Dilberain, y hacia allí nos dirigíamos pero... —Daisa se encoge de hombros, confusa—. Es como si alguien hubiera cambiado todo el terreno, nada es como yo lo recordaba.

—¿Qué haremos entonces? —Ulbrin finalmente, salta de su montura y la amarra a la raíz de un viejo y enorme árbol—. No podemos permanecer aquí demasiado tiempo.

—Tienes razón, debemos continuar nuestro viaje, e intentar encontrar la ciudad.

Un frío viento comienza a soplar procedente del Norte, y los dos jinetes deciden continuar su largo viaje hacia Dilberain.

—Sólo espero que la maligna fuerza que me obligó a abandonar la ciudad se haya alejado —Daisa se protege del viento helado que cada vez sopla con más violencia, obligando a los viajeros de que desistan de continuar la expedición.

Siguiendo su marcha impertérrita, Balkarin se encuentra a poca distancia del lugar donde sus dos amigos y compañeros luchan, sin demasiada suerte con el potente huracán, que juega con ellos como un gato con los ratones.

—¡Por mil demonios rojos! —Espantado por la imagen, Balkarin intenta que su montura detenga su carrera, ya que de no hacerlo, acabaran los dos siendo arrastrados por la inmensa fuerza.

—¡Sooooooooooo, caballito! ¿Qué pretendes? —El avezado y valiente jinete no consigue, sin embargo, que el caballo permanezca tranquilo, y éste se lanza de cabeza al interior del extraño y poderoso huracán.

Una vez dentro, el animal, guiado por un increíble y mágico instinto, se dirige, sin dudar un instante a una piedra plana de color blanco y, alzando su pata anterior derecha, golpea la losa con fuerza.

En algún lugar, bajo el suelo, se escucha un potente chasquido y el huracán es absorbido por la blanca piedra.

Cuando el polvo levantado finalmente se posa de nuevo en tierra, una enorme roca aparece frente al soldado tuerto.

—Bueno, caballito, ¿qué me recomiendas ahora? —No ha terminado de decir la última palabra cuando, del cielo despejado cae un rayo que parte en dos mitades idénticas la roca. —Supongo que algo o alguien nos está invitando a entrar —tras empuñar su espada, Balkarin vuelve a montar sobre el animal, y lo obliga a caminar entre las dos rocas.

No bien la bestia ha dado un par de pasos cuando, todo un maravilloso paraje aparece ante los ojos del aventurero.

Enormes árboles cargados de deliciosos y jugosos frutos.

El aire lleno del melodioso trino de pájaros de vistosos colores.

Ríos y lagos de aguas claras, reflejando los rayos del sol.

—¿Te gusta mi reino, forastero?

—¿Quién eres tú? —Sin envainar la espada, Balkarin desmonta y camina hacia el desconocido, un anciano de larga barba blanca y negra túnica, que sonríe bondadosamente—. ¿Puedes decirme en qué lugar me encuentro?

—Sígueme —el viejo comienza a andar hacia uno de los árboles del lugar. Una vez ante él, alza una mano, y éste desaparece, dejando a la vista un hueco negro que el anciano no duda en atravesar.

—¡Eh, espere! —Balkarin se lanza hacia el negro agujero y, al igual que el misterioso viejo, desaparece.

Mientras, no lejos de aquel extraño paraje, Daisa y Ulbrin se defienden del ataque despiadado de una manada de lobos dorados, que han conseguido rodearlos, tomándolos por sorpresa, aturdidos tras su lucha contra el mágico huracán.

Los feroces cánidos se acercan, lentamente, a la pareja, dispuestos para saltar.

—¡Alto, yo os lo ordeno! —Una majestuosa y misteriosa figura, aparece en el último instante, diciendo algo en una lengua extraña, que sólo los lobos parecen entender, salvando la vida de Ulbrin y Daisa.

—¿Estáis heridos, forasteros? —El desconocido es un joven de aspecto noble, ricamente ataviado con bellos ropajes que hacen suponer se trata de un personaje de alta alcurnia—. ¿Puedo hacer algo por ayudaros?

—Muchas gracias —Ulbrin guarda su arma, y estrecha la mano que le tiende el muchacho—. Pero ya has hecho bastante por nosotros —y, con un movimiento de cabeza, señala la manada de lobos, que se alejan a toda velocidad del paraje.

—Oh, no podía dejar que unas bestias hiciesen daño a unos recién llegados a mi Reino—. Mientras habla, mueve su mano extendida señalando todo el paisaje que los rodea, orgulloso.

—¿Qué reino es este, si puede saberse? — Haciendo gala de su natural desconfianza, Daisa empuña aún sus dos espadas y vigila todos y cada uno de los movimientos de su misterioso anfitrión.

—Este es el Reino de Orbón, amigos — responde el joven con una sonrisa—. Sí, ya sé que conocéis las leyendas que dicen que la entrada a mi Reino se desplaza de lugar cada cierto tiempo, ¡pero no debéis preocuparos, ya estáis aquí y os ayudaré en todo lo que pueda!

De repente, en el aire a unos dos metros del suelo, una extraña grieta se abre, y Balkarin cae a tierra ante el sorprendido trío, seguido por el misterioso anciano de larga barba blanca.

Pero la verdadera sorpresa es para Daisa, Ulbrin y Balkarin, cuando el anciano y el joven quedan el uno frente al otro, mirándose fijamente a los ojos.

—¿¡Qué haces aquí!? —Finalmente, el joven lleva su mano al cinto y desenvaina una reluciente espada—. Pensaba que había dejado claro que no debías regresar a Orbón.

—¡Eres tú quién debería marcharse y dejar que yo ayude a los viajeros! —Sin importarle el hecho de que su rival esté armado, el anciano se lanza sobre el joven. Y entonces, cuando los dos hombres se tocan, se produce un estallido de luz, que ciega a los tres sorprendidos aventureros.

Una vez se disipa por completo el resplandor una figura gigantesca, se alza ante ellos, totalmente desnuda y portando una enorme hacha en su mano derecha.

—Saludos, viajeros, no debéis temer nada de mí —el misterioso ser avanza hacia los tres amigos que, como es natural dado el aspecto del personaje, se disponen para la lucha.

—¿Quién eres? ¿Por qué razón hemos de fiarnos de tus palabras? —Ulbrin alza su ballesta y apunta directamente al desnudo pecho del coloso —¿Dónde están los dos hombres que estaban aquí hace un momento?

—Bueno, quizás no lo entendáis, pero yo soy esas personas...

Poco después, los tres se sientan en torno a un cálido fuego, y escuchan un extraño relato contado por su gigantesco nuevo amigo.

CAPÍTULO V

Este relato empieza hace más de quinientos años, cuando el Reino de Orbón estaba gobernado por el bondadoso y valiente rey Corá que mantenía unido a su pueblo en las situaciones difíciles.

En nuestro Reino se hallaba construido el más bello templo en honor de la diosa Bigoloss, máxima representante de la vida y el amor.

También adorábamos al dios Gorthane y a la diosa Vinna, protectores de animales y vegetales.

Todo era armonía, nadie sufría de hambre o miseria.

Pero un día, todo cambió de repente para tristeza nuestra, y la ruina y la más profunda miseria se apoderaron de la población.

Comenzó con el descubrimiento de la traición del bufón de la Corte del bondadoso Rey Corá. El malvado juglar había permitido la entrada a la ciudad de los servidores de la diosa Nissvaal.

Cuando el traidor se vio cazado, decidió mostrar su verdadero rostro, ¡el rostro oscuro y cruel de un poderoso nigromante que había pactado con la diosa de la maldad para hacerse con el poder en el Reino!

Por desgracia, el malvado mago había conseguido, sin embargo y gracias a sus oscuros poderes, debilitar el gobierno de Orbón lo suficiente para que sus secuaces se apoderasen del Reino y comenzar así un largo período de tristeza.

Durante ese tiempo, el tirano ordenó la muerte y encarcelamiento de muchos de los leales súbditos del Rey Corá, y utilizó cientos de esclavos para la construcción de un templo consagrado a la malvada diosa Nissvaal.

Mientras, ocultos en cuevas guiados por un bravo y valiente guerrero, cuyo nombre nunca se supo, un pequeño ejército, preparaba un ataque contra las fuerzas del maligno dictador.

Desgraciadamente, había un traidor entre los rebeldes, y estos fueron exterminados casi por completo, y tan sólo una joven llamada Néndora, y su padre un anciano pastor consiguieron escapar con vida de la matanza.

Días más tarde, el pastor y su hija recibieron la visita de nuestra amada diosa Bigoloss, la cual les prometió la venida de un poderoso paladín que libertaría a su pueblo del tiránico nigromante, después citó a la pareja para reunirse con ella en una oscura caverna al Norte de Orbón cinco días más tarde, haciéndoles prometer que durante ese tiempo no dirían nada a nadie acerca de lo ocurrido.

Cuando, transcurridos los cinco días, acudieron al lugar de la cita, la diosa les esperaba en el interior de la cueva portando en sus brazos un precioso bebé recién nacido.

—Tomad, cuidad de él y enseñarle todo lo que sabéis para que crezca sano y fuerte y pueda luchar contra el nigromante. —Dicho esto, Bigoloss entregó al niño a la sorprendida Néndora, que tomó al niño en sus brazos y juro protegerlo con su vida si era menester.

Pasaron veinte años durante los cuales el niño, al que Néndora bautizó con el nombre de Rönh, se convirtió en un joven fuerte y valeroso, que guiaría al oprimido pueblo de Orbón a la libertad, en una guerra contra el nigromante, que duraría diez largos años y costaría la vida a muchos guerreros de ambos bandos.

Finalmente, sólo dos de los combatientes quedaron en pie, frente a frente. El nigromante y Rönh se miraron fijamente con rabia, dispuestos a terminar con aquella larga y sangrienta lucha.

Afortunadamente, la diosa, que había estado vigilando todos y cada uno de los movimientos de su protegido, decidió interceder por él en la lucha, dándole el poder para derrotar a su malvado enemigo, al que desterraron y confinaron de por vida, en la pequeña isla de Thanaria, por aquel entonces totalmente deshabitada.

Tras la batalla, Rönh y los supervivientes de la cruel dictadura, iniciaron la reconstrucción del castigado reino de Orbón.

Por desgracia, antes de ser derrotado el nigromante lanzó un conjuro sobre Rönh y, al cabo de cierto tiempo su cuerpo se dividió en dos seres, condenados a estar separados hasta que alguien llegase a Orbón enviado por él mismo hechicero.

CAPÍTULO VI

—Es una historia interesante, pero ¿por qué razón deberíamos aceptarla como cierta? —Tras escuchar el fascinante relato, y haciendo gala de su natural desconfianza, Daisa se levanta del suelo y mira fijamente al narrador, que se encoge de hombros y sonríe.

—¡Hey, yo confío en él!

—Por lo visto, tú siempre confías ciegamente en el primero que llega, ¿no? —replica en tono mordaz Daisa al comentario del tuzhandés.

—Calma, por favor, calma, yo no pretendo que creáis mi historia —Un tanto turbado por las reacciones provocadas a raíz de su relato, el supuesto Rönh alza las manos en un intento por acallar los ánimos de Daisa y Ulbrin.

—Déjalos, se les pasará pronto —Balkarin hace un gesto con la mano, mientras sonríe y se levanta del duro suelo de arena—. Los conozco bien.

Cuando al fin los dos amigos dejan de discutir, es el misterioso orbonita el que interroga a los tres aventureros de la siguiente forma.

—Bien, decidme, ¿cómo alguien tan valiente e inteligente como vosotros tres, puede aceptar una propuesta del perverso nigromante? Debe tratarse de algo verdaderamente importante.

—La vida de todos los habitantes de la isla de Thanaria, eso es lo que nos ha llevado a aceptar la propuesta del hechicero.

—¿Y qué propuesta es esa, si puedo saberla?

—El brujo nos ordenó encontrar el corazón de la hidra roja de la arena, asegurándonos que lo hallaríamos aquí en Orbón —Daisa camina nerviosa e intranquila y, de vez en cuando clava su mirada en Rönh, que permanece sin habla tras escuchar la respuesta de la bella joven.

—¡P—pero, eso es imposible! ¡Nadie ha conseguido jamás tal hazaña!

—No es eso lo que nos contó el nigromante, amigo orbonita.

—Entonces debió de suceder en algún lugar desconocido para los habitantes de Orbón —Rönh se sienta pesadamente sobre una roca plana, y apoya la barbilla en su mano derecha en actitud pensativa—. Aunque claro, puede que sí exista alguien que conozca algo sobre las hidras rojas de la arena, y pueda informarnos de dónde encontrar la que vosotros buscáis

—Bien, ¿pues que esperas para decirnos quién es ese misterioso personaje? —Con una amplia sonrisa en sus labios, Ulbrin palmea la desnuda y musculosa espalda del gigantesco orbonita.

—Creo que antes, nuestro amigo debería conseguir algo de ropa... —Tras éste comentario de Daisa, los cuatro inician, de nuevo la marcha una vez que, Rönh de manera harto misteriosa, ha conseguido vestimenta y armas para el viaje.

—¿Queda muy lejos la ciudad? —Daisa galopa a toda velocidad hasta alcanzar al, cada vez más, sorprendente Rönh, que avanza a gran velocidad impulsado solamente por la fuerza de sus piernas.

Se detiene al escuchar la voz imperiosa de la joven de Dilberain.

—A decir verdad, no puedo recordarlo, he estado demasiado tiempo alejado de lugares habitados.

—¿Quieres decir con eso que no tienes idea de dónde nos encontramos? —Daisa, suspira con aire resignado.

—Bueno, conozco bastante bien la región confiad en mí, por favor.

—De acuerdo, pero recuerda, la vida de todo un pueblo, depende de nosotros.

—¡Por los dioses! ¡No me recuerdes que fui yo el que envió al maldito brujo a Thanaria!

Mientras, un centenar de metros más atrás, Ulbrin y Balkarin, hablan sobre su nuevo acompañante.

—¿Confías en ese grandullón, "Tuerto"?

—No lo sé, el tipo parece sincero, ¿acaso crees que pueda estar a las órdenes de nuestro enemigo?

—No, claro, pero, por si las moscas, será mejor tenerlo vigilado..., de cerca.

Horas más tarde, cuando ya la luna llena brilla en el cielo, los cuatro cansados viajeros avistan las ruinas de la antaño bella y orgullosa ciudad de Orbón.

—¡Noooo, es terrible! —Visiblemente consternado por la desoladora visión, Rönh se hinca de rodillas en el suelo y grita al cielo nocturno: —¡Mi ciudad! ¿Cuánto tiempo he estado lejos de ella para que al volver no encuentre en ella más que muerte y escombros?

—Vamos, amigo debes calmarte y pensar que pronto, muy pronto, podrás castigar al causante de todo esto —Ulbrin, apoya su mano sobre el hombro del gigante orbonita, y le sonríe amistosamente.

En ese preciso momento, los cascos de un caballo se escuchan a pocos metros del cuarteto, y un jinete pobremente ataviado, pero de noble porte, baja de la montura y corre hasta Rönh, arrodillándose con gran ceremonia ante él.

—¡Poderoso guerrero Rönh! ¡Al fin regresaste del exilio!

—¿¡Me conoces, amigo!? —El orbonita tiende su mano hacia el misterioso recién llegado, ayudándole a alzarse de nuevo.

—¿Has visto la estatura de ese tipo? —Balkarin se acerca a Daisa y le cuchichea al oído.

—Ahá, debe de medir cerca de dos metros y medio, igual que Rönh.

—Me pregunto cómo diablos aguanta el caballo el peso de ese gigante. ¡Si hasta mi poderoso bicéfalo tendría problemas!

—¡Amigos! —La voz del orbonita suena llena de emoción—. Es un gran placer para mí presentaros a uno de mis compatriotas, Djaúrik.

—Es un gran honor conoceros—. Djaúrik saluda con una reverencia a los tres aventureros, que responden al saludo con una sonrisa no exenta de cierta desconfianza—. Si sois amigos de Rönh os considero amigos míos.

—Escucha Djaurik, ¿queda alguien más en la ciudad? —Rönh se aparta del cuarteto e intenta penetrar la oscuridad con la mirada—. ¿O eres tú el único superviviente?

—No, no, somos pocos pero aún quedamos algunos orbonitas entre las ruinas de la ciudad.

—¿Puedes tú decirme si el anciano Kehëin, el oráculo, vive todavía?

—No, por desgracia murió hace tiempo, pero siempre estuvo convencido de que regresarías.

—Oh... —Una mueca de decepción aparece en el rostro de Rönh—; era el único capaz de ayudarnos a encontrar lo que con tanta urgencia estamos buscando.

—Bueno, amigos creo que ahora, lo más urgente es poder descansar y reponer fuerzas —sin añadir una palabra, Balkarin toma las riendas de su montura y emprende el camino hacia lo que él supone es el centro de la ciudad en ruinas.

—Sí, es una idea estupenda. —Ulbrin, imitando a su viejo amigo, toma también las riendas de su yegua y camina tras Balkarin—, mañana seguiremos la búsqueda.

De esta manera, los tres cansados viajeros y los dos orbonitas se dirigen, con paso lento, hacia una vieja casa de roca, en cuyo interior ocho compatriotas de Rönh, conversan entre ellos sentados en torno a una enorme mesa de roble.

—¡Compañeros, compañeros orbonitas, mirad quién ha regresado a casa! —Djaúrik golpea la puerta del lugar y, de inmediato, uno de los ocupantes abre y los invita a entrar.

—¿Dónde has estado, Djaurik, quién es esta gente?

—Díanh, Díanh, amigo, ¿acaso has olvidado las palabras del sabio Kehëin?

—¿De qué me estás hablando? —El llamado Díanh enarca su ceja izquierda y, finalmente fija su mirada en Rönh, que ha permanecido en silencio, observando.

—¡Eh, Díanh! ¿Por qué no invitas a los recién llegados a sentarse? —Uno de los hombres, que permanecen sentados en torno a la mesa, alza la cabeza para mirar a los tres cansados viajeros.

Díanh se encoge de hombros, vuelve a clavar su mirada en Rönh, que no dice una sola palabra, pero mantiene la mirada de su compatriota, sin pestañear.

Finalmente, Díanh se aparta de la puerta y, los dos Orbonitas y los tres aventureros penetran en el caserón, tomando asiento alrededor de la mesa, mientras dos gigantescas mujeres orbonitas, se esmeran en cocinar en un enorme horno de piedra construido en el centro de la sala un sabroso guiso de carne, cuyo excelente aroma llena todo el recinto.

Minutos después, los tres aventureros y sus nuevos amigos disfrutan de una deliciosa cena.

—Y bien, amigos viajeros —el orbonita llamado Djaurik aparta su plato, tras haber dado buena cuenta de su cena, y pasea su mirada por los rostros de Ulbrin, Balkarin y Daisa—. ¿Qué os trae a estas tierras abandonadas por los dioses?

—Hemos hecho un largo camino desde la isla de Thanaria, pero creo que nuestros asuntos no os incumben —la voz de la bella Daisa suena dura y tajante—. De todos modos, mis compañeros y yo misma, os agradecemos vuestra generosidad —después, con un extraño brillo en sus ojos, la aventurera de Dilberain, se alza de su asiento y se acerca al calor de la chimenea.

—¿Pretendes que nos marchemos? —Ulbrin alza la mirada de su plato, y gira la cabeza hacia Daisa.

—Creo que está claro, tuzhandés, esta buena gente no puede ayudarnos, no tenemos derecho a quitarles su tiempo.

—Sí, lo mejor que pueden hacer es marcharse de nuestra ciudad y dejarnos solos con nuestros problemas —satisfecho de escuchar las palabras de Daisa, Díanh sonríe.

—¡No podemos! ¡No sería justo! —Rönh golpea la mesa con los puños y se alza dispuesto a encararse con su compañero—. De no ser por ellos, yo no hubiera vuelto, seguiría hechizado.

—Ayúdales tú, pues. —Con una sonrisa dibujada en el rostro, Díanh se retira de la mesa y camina hacia una de las ventanas—; tú eres el único que les debes algo a los recién llegados, es tu deber.

Balkarin, molesto por el ambiente que se respira en el recinto, también se levanta de su asiento y sale de la casa.

En el exterior sopla un viento fuerte y frío.

Todo está oscuro y en silencio.

De repente, un sonido aterrador llega a sus oídos.

Un aullido gutural, que hace temblar al curtido aventurero y le hiela la sangre en las venas.

—¿Qué ha sido eso? —En el interior de la casa, Rönh clava sus ojos en los de Díanh.

—¡Marchaos, por favor! —Un cambio radical opera en el antes arrogante y orgulloso orbonita—. ¡Corréis peligro!

—¿Qué peligro es ése? —Intrigado, Rönh se acerca a su amigo.

—¡No, no puedo hablar, por favor!

—Yo hablaré —Djaúrik da un paso hacia la pareja y, tras llamar a los tres viajeros, comienza una historia terrible.

CAPÍTULO VII

—Hace algunos años, sucedió algo terrible —Djaúrik mira a sus compañeros, que asienten con un movimiento de cabeza—. Una criatura llamada Käré bajó desde las montañas y mató a muchos miembros de nuestra ya debilitada raza.

Era una criatura cruel y sanguinaria. Disfrutaba saqueando y asesinando gente.

Todo el pueblo estaba aterrado, nadie se atrevía a mover un dedo para detener a aquella bestia sin corazón.

Sólo Díanh tuvo el valor de seguirlo una noche hasta su guarida, y enfrentarse a él para hacerle pagar por todas las muertes que había causado entre los orbonitas.

Cuando Díanh llegó al cubil de su enemigo, éste lo estaba esperando.

Díanh luchó contra la criatura durante horas y horas.

Fue una batalla terrible, sin tregua por parte de ninguno de los dos.

Sin embargo, cuando parecía que Díanh estaba a punto de derrotar a Käré, apareció un misterioso personaje que ofreció un extraño pacto a nuestro compatriota...

—¡No sigas hablando, Djaúrik! —Díanh da un paso hacia su amigo—. Por favor te lo pido...

—No, Díanh, Rönh ha pasado mucho tiempo fuera de la ciudad, tiene derecho a conocer todo lo sucedido durante su ausencia, y más aún si se trata de su ahijado.

—¿Qué ocurre con Nyárec? —Rönh aparta de un manotazo la mano que Díanh ha puesto sobre su hombro derecho—. Ahora que lo pienso, ¿dónde está el pequeño?

—Tienes derecho a saberlo, Rönh, tienes derecho a conocer el terrible secreto que atormenta a tu amigo Díanh —Djaúrik baja la cabeza con aire apenado, y tras suspirar hondamente, sigue con su extraña historia.

—El misterioso personaje, que no era otra cosa que un poderoso y maligno nigromante, hizo prometer a Díanh que, una vez regresara a la ciudad, le enviaría al miembro más joven del conjunto de ciudadanos orbonitas, ¡Nyárec! —El dedo acusador de Djaúrik apunta a Díanh—. El pobre muchacho se vio obligado a subir a la cima de la montaña donde se ocultaban Käré y su siniestro protector.

Jamás volvimos a saber del chico.

Hasta una noche de invierno en la que Biák y yo recogíamos leña para encender la chimenea. Vimos una sombra, una sombra monstruosa, que avanzaba hacia nosotros.

Biák parecía dispuesto a hacer frente a la criatura, que no era otra cosa que un monstruoso licántropo, con el hacha que llevaba en su mano pero, en el último instante, algo le detuvo. Los tres nos quedamos paralizados y, la bestia dando media vuelta, desapareció de nuestra vista.

Esa noche supimos qué había ocurrido con el pequeño Nyárec. ¡Todo por culpa de la cobardía de Díanh!

—Basta ya, Djaúrik —en ese momento, una voz femenina y muy airada, se deja oír en la cabaña—. Si Díanh fue un cobarde, todos nosotros lo fuimos también.

—¡Calla tú, Rowalth!— Djaúrik mira fijamente a la mujer que acaba de hablar. Luego, aprieta los dientes y replica—. Las mujeres no entendéis nada de nada.

—Entendemos muchas cosas —la mujer llamada Rowalth, lejos de amedentrarse por las palabras de su compañero, empuña la daga que cuelga de su cinto, y se encara con Djaúrik —hace mucho tiempo que te vengo observando y vigilando. Siempre has tenido envidia de Díanh.

—¡Sabes muy bien, mujer, que eso son estupideces! —El sorprendido orbonita retrocede un par de pasos.

—Sabes muy bien a qué me refiero —Rowalth sonríe, sus grandes y bellos ojos verdes relucen con un brillo entre burlón y cruel—. Sabes que el pequeño Nyárec fue a la montaña por su propia voluntad, que Díanh no lo obligó a nada, pero que Nyárec respetaba y amaba demasiado a

Díanh, nos quería demasiado a todos nosotros para que su egoísmo nos hiciese daño.

—¿Es eso cierto, Djaúrik? —Rönh, que hasta el momento ha permanecido en silencio, se interpone entre Rowalth y Djaúrik—. ¿Qué pretendías contándome toda esa historia?

—¡No lo sé! ¡Por favor! —De repente, y tomando a todos los presentes por sorpresa, Djaúrik se deja caer de rodillas ante Rönh, suplicante—. ¡La envidia pudo conmigo! No podía soportar que os tratasen como a héroes y que a mí me diesen de lado.

—Pretendías enemistarnos a Díanh y a mí —Rönh extiende su mano y ayuda a Djaúrik a alzarse—. ¿No sabes, necio, que conozco muy bien a Díanh y a mi ahijado como para no darme cuenta de la falsedad de tu historia?

Un terrible silencio se hace en el recinto durante unos segundos. Silencio que es roto, de forma brusca, por la repentina entrada en la cabaña de un lobo gigantesco, a través de una de las ventanas del lugar.

—¡Cuidado con él! —Sin pensarlo dos veces, Daisa desenvaina sus dos espadas y se dispone para hacer frente al animal.

Para asombro de todas las personas allí reunidas, la bestia ignorando a la bella aventurera, da media vuelta y camina hacia Rönh.

—Padrino —gime la criatura con voz profunda, mientras se echa a los pies del orbonita.

—¡Nyárec! —Ron, con los ojos llenos de lágrimas, se arrodilla junto al animal para acariciarlo.

Rowalth, llena de satisfacción, se esmera en preparar un plato de guisado para el recién llegado.

Y el lobo, ante los asombrados ojos de los allí presentes, comienza a cambiar, a metamorfosearse, disminuyendo de tamaño, perdiendo su oscuro manto de pelo negro, hasta convertirse en un joven delgado, de mirada triste y largos cabellos negros.

—¿Qué ocurre aquí? —Dubitativo, Díanh se acerca al muchacho tendido en el suelo, y lo toma en brazos.

—Que hoy es día de fiesta en esta casa —le responde Rowalth con una amplia sonrisa.

CAPÍTULO VIII

Los ocupantes de la casa esperan con cierta impaciencia, a que el joven Nyárec termine de comer, y se decida a relatarles todo lo que le ocurrió tras su marcha de la ciudad.

—Dejadle en paz, por favor, el muchacho está cansado y necesita mucho reposo —pide Rönh.

—Gracias por tu interés querido padrino, pero debo hablar, ya descansaré en otro momento —con aire solemne, el joven, una vez ha terminado de dar buena cuenta del delicioso guiso de carne y verdura preparado por Rowalth, se alza de la silla dispuesto a responder cualquier pregunta acerca de sus andanzas por las montañas.

—¿Qué te ha hecho regresar a Orbón precisamente hoy, este día?— Uno de los gigantescos orbonitas, un anciano de largos cabellos grises y mirada serena, se acerca al joven Nyárec

—Era mi destino, el anciano Kehëin, el oráculo, me advirtió acerca de ello.

—¡Eso es imposible! —Un murmullo de asombro se extiende entre los orbonitas—. El oráculo murió mucho antes de que tú te marchases, lo sabes y nunca había hablado contigo.

—Es cierto, cuando se presentó ante mí, lo hizo como un espíritu descarnado.

—Suponiendo que eso sea cierto, ¿qué te dijo el oráculo?

—Me hizo saber que Rönh regresaría a la ciudad en compañía de tres extranjeros, y que el día que eso sucediera, yo podría regresar junto a los míos.

—¿Qué pasó con Käré? ¿Sigue con vida? —Una voz femenina se deja oír entre el murmullo.

—No lo sé, no puedo responder a esa pregunta —Nyárec se encoge de hombros— cuando llegué a la cima de la montaña enviado por Díanh, todo lo que encontré fue una cabaña abandonada, un plato de comida y un camastro.

Cené y me tumbé en la cama quedándome dormido casi de inmediato. Cuando desperté a la mañana siguiente, escuché una voz que me explicó en qué iba a consistir mi vida a partir de aquel día. La voz me hizo saber que mi destino sería vivir siendo un lobo hasta el día en que pudiese regresar a Orbón.

—¿Has vivido siendo un lobo durante todos estos años? —Pregunta otro orbonita, expresando en voz alta la pregunta que se agita en las mentes de sus demás compatriotas.

—Sí.

—¿Cómo te alimentabas? —Pregunta la misma voz.

—Cazaba animales, ciervos, conejos, algún que otro pájaro.

—Nunca atacaste a ningún hombre —la voz de Djaúrik se deja oír de repente entre la pequeña multitud

—¿Qué estás insinuando? —Nyárec mira a Djaúrik con los ojos medio cerrados.

—Sólo era una pregunta, todos sabemos que hay lobos que atacan y matan personas —se apresura a replicar Djaúrik, ante la intensa mirada que le dedica Nyárec.

—Has de saber que, aún convertido en lobo, conservaba casi toda mi inteligencia humana —la voz del joven suena tensa, y los allí reunidos, tantos los orbonitas como los tres aventureros, presienten alguna tragedia entre los dos interlocutores.

—De acuerdo, compañeros orbonitas, la sesión de preguntas ha terminado por hoy, mi ahijado debe descansar. Mañana podremos hablar de nuevo. —Rönh, para evitar lo que parece ser un enfrentamiento inminente entre los dos orbonitas, se acerca sonriente a Nyárec y, tras pasar un brazo por encima de su hombro, le susurra—: Acompáñame, muchacho, quiero hablar contigo y presentarte a tres amigos míos.

Sin decir una palabra, el joven sigue a Rönh hasta el rincón de la estancia donde esperan Daisa, Ulbrin y Balkarin.

—Queridos amigos, ahora puedo devolveros, por fin, el favor que me hicisteis.

—No logro entender —Daisa se cruza de brazos, y mira con recelo a los dos colosos—. ¿Cómo puede ayudarnos tu joven amigo?

—Ya os hablé del anciano Kehëin, nuestro oráculo, ¿verdad?

—¡Pero nos dijeron que había muerto!

—Silencio muchacha —Ulbrin, divertido, hace un gesto a Rönh para que continúe hablando.

—Es cierto, sin embargo Nyárec lo vio después de su muerte, y quizás él pueda decirnos algo que os sirva de ayuda en vuestra misión.

—Si así lo creéis, escuchemos las palabras del joven —la joven aventurera se encoge de hombros con aire resignado.

—Bueno — en un leve susurro, el muchacho empieza a hablar. Sus ojos reflejan un gran nerviosismo—; la verdad es que tengo muy poco que contar acerca de mi encuentro con Kehëin, aparte de lo que ya os he dicho antes.

—Una pérdida de tiempo —Daisa resopla indignada. Lanza una mirada fulminante a Rönh — lo mejor que podemos hacer es partir de aquí cuanto antes. Nadie va a ayudarnos a cumplir nuestra misión, tendremos que valernos por nuestros propios medios.

—¡Espera, mujer de cabellos blancos! —Nyárec, tras un leve instante de duda, intentando recordar alguna cosa importante que el oráculo hubiera podido decirle, da un paso hacia Daisa, y la coge del brazo—. Creo que sí puedo ayudaros..., si me escucháis.

Rönh sonríe satisfecho, y mira orgulloso a su ahijado.

—El oráculo me habló de un desierto, de un gran desierto de arena y rocas. Y me habló de cuevas, cuevas subterráneas que forman laberintos bajo la arena. Y me habló de la última hidra roja de la arena que se oculta allí.

—¿Qué más te dijo el oráculo? —Los tres amigos esperan ansiosos la respuesta del joven orbonita.

—Kehëin me dijo que tuviera cuidado, que el día de mi regreso a Orbón conocería a tres forasteros venidos de más allá del bosque de nogales del río muerto, ya que los enviaba una fuerza perversa, la misma que en el pasado causó el mal a nuestro pueblo.

—Comprendo que no te fíes de nosotros tres, Nyárec —Ulbrin suspira hondo. —Pero, por favor te pido que lo hagas.

—Debe confiar en vosotros —Rönh da una palmada sobre la espalda de su ahijado —si no hubiera sido por vuestra llegada, tanto él como yo, seguiríamos hechizados. Creo que os lo debemos, ¿verdad Nyárec?

—Sí, padrino, tenéis razón —el joven sonríe, y su rostro se ilumina de inmediato.

CAPÍTULO IX

El sol emerge por el horizonte, mientras los tres viajeros, tras una noche de apacible descanso en la casona, arreglan sus monturas dispuestos para la partida.

—Gracias Nyárec, gracias Rönh —Balkarin estrecha con fuerza la enorme mano que le tiende el orbonita—. Nos habéis sido de gran ayuda.

—Sí, así es —subido en lo alto de su yegua, Ulbrin de Tuzhand saluda con un leve gesto de su mano—. Os agradecemos vuestra ayuda y vuestra amistad de todo corazón.

—No olvidéis lo que os dije sobre la hidra roja de la arena, y recordar que las montañas están plagadas de peligros y de criaturas hostiles —Nyárec agita también sus manos, mientras los tres jinetes se alejan de la ciudad en ruinas camino de las montañas.

Después de una hora de camino, Daisa gira la cabeza hacia la ciudad, que aún se divisa a lo lejos, y comenta con cierto aire melancólico.

—Al fin y al cabo, no eran mala gente.

—Vaya Daisa, veo que en el fondo tienes el corazón menos duro de lo que creía.

Ante el comentario de Ulbrin, él y Balkarin estallan en sonoras carcajadas.

Los tres jinetes avanzan a buen paso por el sendero de arena que cruza el bosque de un extremo a otro.

El sol de la mañana se filtra a través de las hojas y las ramas de los árboles.

—Deberíamos parar a descansar y a comer algo —sin esperar la respuesta de sus dos compañeros, la joven de Dilberain salta de su montura bicéfala—; éste parece un buen lugar.

—Vamos muchacha, no tenemos demasiado tiempo —"el Tuerto" obliga a su animal a dar media vuelta, y se encara con la chica—. Recuerda las advertencias del joven orbonita, no creo que éste sea un buen momento para descansar.

—Vamos Balkarin, descansar un rato no nos va a hacer ningún daño, es más, creo que nos puede venir bien — sin hacer caso de las palabras de Balkarin, Daisa se sienta en lo alto de una gran roca de la orilla de la senda, y se dispone a afilar sus dos espadas.

—Ya has oído, compañero —Ulbrin se encoge de hombros y comenta en la oreja de Balkarin—. Es inútil discutir con ella, esa chica es tozuda como una mula.

—De acuerdo, tú puedes quedarte con ella, yo seguiré adelante —dichas estas palabras, Balkarin pica espuelas a su caballo y se aleja del lugar.

—Vaya, veo que tu amigo también puede perder la compostura —comenta irónica Daisa.

En ese preciso instante, un leve crujido llega hasta los oídos de la joven que, con todos sus músculos en tensión y sus sentidos alerta, queda de pie en lo alto de la roca.

—¿Ocurre algo? —Ulbrin mira a su compañera esperando respuesta.

—Monta a tu yegua y marchémonos de aquí ahora mismo.

A un silbido de Daisa, su poderosa montura bicéfala trota hasta la roca para que su dueña salte a su lomo.

—Vamos, amigo mío sácame de aquí, deprisa.

Sin dudar, el animal inicia una desenfrenada carrera siguiendo el sendero de arena, internándose en el cada vez más espeso y siniestro bosque.

Por su parte, y guiada por la mano firme y diestra de su jinete, la blanca yegua del tuzhandés alcanza sin problemas al bicéfalo de Daisa.

—¿Puedes decirme, por favor, qué sucede?

—Apresurémonos a encontrar a Balkarin, y a salir de este maldito bosque.

Cabalgando uno junto al otro, Ulbrin y Daisa no tardan e encontrar a "El Tuerto".

—¡Balkarin, monta en tu caballo y galopa!
—A velocidad de vértigo, Daisa pasa junto al aventurero, inclinándose sobre su montura el tiempo suficiente para poder advertirle.

Sin preguntar, Balkarin monta en su caballo, y parte raudo en pos de sus compañeros.

Cuando al fin se detienen ya han dejado muy atrás el siniestro bosque, y las tres monturas, agotadas, aflojan la intensa marcha.

—¿Puedes ahora decirnos de qué huíamos?

En ese preciso instante, como respondiendo a la pregunta de Ulbrin, una manada de lobos dorados sale del bosque y permanece quieta, mirando a los tres jinetes, esperando para atacar.

—Son lobos —Balkarin desenvaina su espada y se sitúa junto a Daisa.

—Lobos dorados, muy peligrosos —Ulbrin prepara su ballesta y dos tapones para los oídos con dos pequeños trozos de tela arrancados de sus vestiduras —debemos taparnos los oídos antes de que sea tarde.

Sin pérdida de tiempo, sus dos compañeros tapan sus oídos de la mejor manera que pueden y, sin más demora, siguen galopando.

—¿Y Ulbrin? —Balkarin detiene la carrera de su animal y gira la cabeza —¿Dónde se ha metido?

—No lo sé, quizás debamos regresar en su búsqueda.

—No, sabe cuidarse el sólo, esperemos.

—¡Oh, vamos! —La joven obliga a su bicéfalo a dar la vuelta, y picando espuelas al animal, inicia el camino de regreso—. ¿Y te haces llamar su amigo?

Mientras, habiendo quedado rezagado con respecto a sus compañeros, el tuzhandés, a golpe de hacha, se abre camino entre la jauría de lobos dorados, que los rodean a él y a su montura.

Debido a los tapones de sus orejas no oye a la joven Daisa, que regresa en su ayuda.

—¡Ulbrin, resiste! —La hermosa guerrera obliga a su montura a acelerar—. ¡Vengo en tu ayuda!

Sin dudarlo, salta al suelo entre la manada de animales salvajes, empuñando sus dos espadas y arremetiendo contra las bestias.

—¡Sal de aquí, tuzhandés! Yo me encargo de esto.

—¿Por qué has vuelto?

—¡Porque yo puedo detenerlos y tú no! —
De nuevo, como las dos veces anteriores, la joven
de Dilberain comienza a correr en torno a la jauría
de lobos recitando el viejo hechizo que, en poco
tiempo, encadena a los animales en el suelo.

—¿Necesitáis ayuda? —Con una irónica
sonrisa en el rostro, "El Tuerto" se aproxima a la
pareja.

—¡Vaya! No te has dado mucha prisa por
venir en nuestra ayuda, amigo —susurra con tono
entre molesto y mordaz Ulbrin de Thuzand.

—Compañeros, dejarlo para otro momento,
no podemos retrasar más nuestro viaje —Daisa
vuelve a montar sobre su caballo de dos cabezas y,
picando espuelas se aleja del lugar dejando atrás a
los dos amigos.

—¡Vaya genio!

—Deberíamos hablar con ella —Balkarin
sube a su caballo y agarra las riendas con fuerza —
por si no te has dado cuenta, la muchacha se está
enamorando.

—¿Insinúas que se está enamorando de mí?
—El thuzandés clava en su amigo una mirada perpleja.

—Quizás te parezca extraño, pero si hubieras visto el brillo de sus ojos cuando regresó en tu auxilio.

—Parece que hablas en serio, "Tuerto"

—Es una buena chica, algo ruda tal vez, pero valiente.

Ulbrin sonríe y asiente con la cabeza.

A pocos kilómetros de donde conversan Ulbrin y Balkarin, Daisa contempla, extasiada, la majestuosidad de las montañas de Orbón.

—Mi hermoso bicéfalo, busca el camino más seguro para cruzar la montaña.

El poderoso caballo de dos cabezas olfatea el aire durante unos instantes antes de volver a ponerse en marcha.

Sin dudarlo, el animal inicia la escalada hacia la cima de la montaña.

Sus poderosos cascos se sujetan con firmeza al pedregoso terreno, avanzando con gran seguridad sobre el peligroso e inestable suelo de la montaña.

En la falda de la montaña, Ulbrin de Tuzhand y Balkarin "El Tuerto" miran hacia arriba, siguiendo con la mirada a la joven aventurera de Dilberain.

—Sí ella puede, nosotros también.

Tras las palabras de Ulbrin, él y su amigo inician el ascenso, procurando no perder de vista, ni a la muchacha ni a su montura.

Durante cuatro largas horas los tres aventureros continúan la subida hacia lo alto del macizo montañoso de la región de Orbón.

Cuando finalmente alcanzan su destino, el paisaje que se presenta ante sus ojos los llena de desolación.

Una extensa llanura, árida y desierta, se extiende ante ellos, kilómetros y kilómetros, todo la que alcanza la vista.

—Bueno, compañeros, esto es lo que hemos venido a buscar —la bella aventurera se vuelve hacia sus amigos—. He aquí el desierto.

CAPÍTULO XI

Cuando Daisa recupera la consciencia, se encuentra tendida sobre un cómodo lecho en el interior de una extraña pero acogedora vivienda excavada en la dura roca. Sus dos amigos la observan sonrientes sentados tras una mesa de madera, mientras su anfitrión se mueve de un lado a otro de la estancia.

—¿Dónde estamos?

—¿Ya ha despertado nuestra invitada? —El hombrecillo se acerca a la joven, y le dedica una amplia y cálida sonrisa. Porta una escudilla de barro llena de un líquido espeso—. Bien, ahora va a tomarse esta sopa, y a recuperar fuerzas mientras escuchan lo que tengo que contarles —el hombrecillo se sienta en el borde de la cama, y empieza a hablar.

—Hace años, mejor dicho siglos, que un malvado nigromante me ordenó desplazarme a este rincón perdido y me pidió que guardase aquella roca roja que habéis visto en la caverna, en espera de la llegada de alguien con el poder suficiente como para derrotar, tanto a la hidra roja, como a mi mismo.

Pocos fueron los que se atrevieron a llegar hasta aquí, tan sólo un guerrero logro penetrar en la guarida de la hidra, incluso consiguió herirla y, a punto estuvo de matarla. Por suerte o por desgracia, tras la lucha, el guerrero se encontraba tan agotado y malherido, que no pudo resistir la última embestida de la bestia. Se retiró moribundo hasta la galería exterior, donde falleció maldiciendo al canalla que le había enviado a este lugar perverso.

Yo, como era mi obligación, me ocupé de curar las heridas de la criatura, y de rezar a los dioses para que enviasen a alguien con valor suficiente para acabar con la hidra y con la maldición que me mantiene prisionero en ese sitio y, finalmente, aparecisteis vosotros como respuesta a mis plegarias.

—De acuerdo —Daisa sentada en el borde del lecho, da buena cuenta de la sopa, mientras sigue el deambular del enano por la habitación, y escucha su extraño relato—; pero ahora dinos, ¿cómo vamos a regresar a Thanaria?

—Oh, es cierto, lo olvidaba —el hombrecito da un pequeño respingo y añade—. Os ha enviado el mismo hombre que me ordenó proteger el corazón de la hidra.

—¿Qué sabes de él? —Ulbrin, interesado por las palabras de su anfitrión, se acerca a él, y lo empuja hacia una silla. —Por favor, dinos todo lo que sepas.

—El brujo os engañó, como me engañó a mí hace tiempo. Seguro que utilizó su maligno poder para atraeros hasta su isla, lo hizo con todos aquellos a los que creía capaces de conseguir para él el corazón de la hidra roja, y obtener así el poder supremo que lo saque de su prisión mágica de Thanaria.

—Entonces —los tres amigos, cruzan una mirada—, ese bastardo nos utilizó desde el primer momento.

—Hizo llegar a Dilberain una maligna y horrible oscuridad que me obligó a dejar mi hogar, mis amigos, todo —Daisa agacha la cabeza y dirige una mirada triste y melancólica hacia el suelo de piedra.

—Oh, sí, en Tuzhand ocurrió algo parecido —continúa Ulbrin— Regresaba yo de una jornada de montería en compañía de unos amigos y, al llegar a la ciudad nos encontramos con aquella fuerza maligna, lo había invadido todo. Yo pude escapar, mis compañeros no tuvieron tanta suerte.

—¿Y a ti, Balkarin? —Daisa alza la cabeza hacia el hombre tuerto.

—Bueno, yo no tuve que enfrentarme ni huir de esa misteriosa Oscuridad —Balkarin, con expresión confusa, intenta recordar cualquier cosa o suceso extraño ocurrido con anterioridad a su llegada a Thanaria.

—¿No recuerdas el ataque de las Damas Sangre?

—Es cierto —Balkarin se propina una palmada en la frente al escuchar a su amigo, y recordar el suceso—. Pero dudo mucho que eso fuese alguna trampa del mago.

—Ese maldito mago, es capaz de eso y de mucho más, queridos amigos —sonríe su anfitrión desde un rincón del aposento.

—Bien, ya sabemos por qué, cómo, y por culpa de quién estamos aquí —Ulbrin se alza de su asiento y camina hacia la puerta de madera—, estoy listo para volver a buscar al Marqués, ¡juro por los dioses que esta vez acabaré con él!

—¿Sabes cómo regresar, tuzhandés? —También el tuerto se levanta y camina hacia su amigo.

Ulbrin mira a Balkarin y a Daisa, que asiente con la cabeza.

—Tranquilos, por favor —el anfitrión de los tres aventureros se acerca a ellos, lleva en su mano un viejo pergamino, que desenrolla en el suelo, a los pies de los viajeros.

—¿Qué es esto? —Daisa se acuclilla y acaricia el fino tapiz, que brilla al contacto con la carne.

—Su puerta de retorno al escondrijo del Marqués, amigos. —El hombrecillo señala la alfombra, sonriente—. Lo cierto es que hace tiempo que no lo utilizo, pero espero que funcione.

—¿Qué demonios es eso? —Vuelve a repetir la bella joven, mirando con cierto recelo el tapiz extendido en el suelo.

—Sea lo que sea, es mágico —advierte Ulbrin.

—En efecto, es vuestra puerta para regresar y acabar con el Marqués —el hombrecillo del desierto parece algo nervioso ante la desconfianza de sus invitados y, sin pensarlo dos veces, les empuja al interior del mágico tapiz.

Todo ocurre en un parpadeo, los tres amigos se encuentran cayendo en lo que parece ser un pozo infinito, sumidos en la más negra oscuridad.

Cuando todo termina, se hallan a pocos metros de la mansión del Marqués, en Thanaria.

—¡Qué me aspen si entiendo algo! —Refunfuña Balkarin mirando a sus dos acompañantes.

—El Marqués se pondrá furioso cuando nos vea llegar sin su preciado corazón —comenta

Ulbrin con preocupación, mirando a sus compañeros de correrías.

—¡Maldito sea el Marqués! —La voz de la bella Daisa suena llena de rabia—. Yo he regresado para acabar con él, ¿me acompañáis?

CAPÍTULO XII

Anochece sobre Thanaria cuando los tres aventureros, tras descansar en la posada del buen Nayuk, se deciden a partir hacia la mansión del Marqués.

Al llegar, encuentran el lugar completamente desierto y en ruinas.

—¿Qué ha ocurrido aquí? —Daisa, incrédula, mira la vacía construcción, antaño habitada por el maléfico nigromante.

—El Marqués marchó de Thanaria ayer, a primera hora —un soldado del Marqués aparece de repente, seguido por una pareja de Groudings.— Dejó la isla al enterarse de vuestro retorno.

—¿El Marqués ha huido de la isla? —Balkarin, que ya ha desenvainado su espada, se dispone a entablar combate contra los recién llegados.

—No creas eso, amigo, El Marqués nunca huiría de unos tipos tan patéticos como vosotros tres. Si ha marchado de la isla ha sido por otros motivos.

—Sabes que eso es una mentira, soldado. —Ulbrin, empuñada su hacha, da un paso hacia el hombre del Marqués—. Tu amo ha escapado de la isla porque nos teme. ¡Pero juro por los dioses que le perseguiré vaya donde vaya, y le obligaré a devolver la paz a mi pueblo y a todos aquellos a los que hizo daño!

—No será necesario, bravo cazador —de repente, una voz profunda como un trueno, resuena tras los dos groudings, y la siniestra figura del Marqués aparece ante los seis allí reunidos.

—¡Amo! —Al verlo, el soldado se lanza a sus pies—. Pensamos que había marchado.

—Como ves, no es así —el anciano nigromante le ayuda a incorporarse y, después, se dirige a los tres aventureros—. Os debo mucho.

—¿Qué broma es ésta? —Daisa, dando voz a los pensamientos de los tres viajeros, se adelanta un paso hacia el recién llegado, dispuesta a entablar combate—. ¿Estás preparado para recibir tu castigo, maldito monstruo?

—Tranquilos, con vuestro regreso me habéis liberado de mi terrible condena. Debéis saber que no fue mi intención convertirme en el Señor del Reino Oscuro. Fue algo que sucedió porque tenía que ocurrir y, hace tanto tiempo que ni lo recuerdo— el anciano hechicero dedica a los sorprendidos viajeros una dulce y agradable sonrisa—. Sé que he cometido crímenes terribles y pido perdón por ello.

—¿Crees que basta con eso? —Indignada por lo que está escuchando, Daisa da un nuevo paso hacia el viejo mago, sus espadas fuertemente aferradas, preparada para atacar.

—Comprendo tu ira, pero, ¿lograrás recuperar a tus seres queridos si me matas, joven guerrera?

—No, maldita sea, no... —Con gesto impotente, la joven de Dilberain, deja caer las espadas al suelo.

Y entonces, dejando al trío de aventureros sumidos en un mar de dudas, el viejo hechicero, desaparece envuelto en un oscuro y espeso humo.

—Yo, el Marqués de Thanaria, libero la isla de mi influjo maligno, así como a los habitantes de Orbón y del desierto. Todos ellos son libres para escoger su destino a partir de este momento. Porque, gracias, a vosotros tres, me he liberado de la oscura fuerza que me poseía.

Y luego, silencio.

Y los tres amigos, regresan a la posada, mientras el soldado del Marqués, libre ya de su influjo, regresa a su casa a reunirse con su familia.

CAPÍTULO XIII

Amanece sobre la isla de Thanaria tras la marcha del cruel dictador, y los tres cansados viajeros despiertan en la posada de Nayuk, donde éste les ha preparado un suculento manjar como almuerzo.

—¿Qué vas a hacer ahora, Ulbrin?

—No lo sé, "Tuerto", supongo que regresaré a Tuzhand y ayudaré a recomponer la ciudad, si es que queda algo por recomponer.

—¿Y tú? —Balkarin se vuelve hacia su bella compañera— ¿Qué harás tú, ahora que todo acabó?

La joven mira a sus dos compañeros y, sonríe.

—No sé, había pensado que no formamos mal equipo nosotros tres.

—¿Qué quieres decir? —Balkarin mira intrigado a la joven.

—Pues eso, amigos, que podemos alquilar nuestros servicios al mejor postor, y ayudar a los más necesitados.

—No suena mal —Ulbrin se acaricia la barba y sonríe—. Tuzhand tendrá que esperar.

—Apruebo la idea, amigos —con entusiasmo, Balkarin aporrea la mesa de la posada con el puño y alza su jarra de cerveza para brindar.

<u>FIN</u>